The Devil's Tree
y otros relatos lúgubres

Mayron Blanco

ISBN-13: 978-1-63065-138-1

PUKIYARI EDITORES
www.pukiyari.com

Dedicatoria

A los pilares de mi vida.
A esas dos almas que se fundieron entre cuerpos,
para regalarme el aliento que hoy puedo sentir.
A los ojos que me observaron desde niño,
pusieron sus hombros y sus manos
para cargarme a través de la vida…
dejando que mi senda tomara la ruta del viento, en
medio de mis sueños de locura poética y abrazaron
mis huesos con todas sus fuerzas de principio a fin.

A Lucía Vindas Quiros y Ramiro Blanco Mora

Índice

Prólogo

Y si de placeres la vida me ha colmado, este es uno invaluable, presentar la tercera obra literaria de Mayron Blanco, autor que conozco desde hace ya varios años a través de sus poemas y escritos que me perturban.

En lo personal, conozco en profundidad a este ser humano, quien desde niño se ha visto acompañado de un espíritu libre, creador, cuestionador y bastante aventurero.

Cuando me propuso escribir este prólogo, fue imposible no sentir aquella emoción que viví una y mil veces por llevar a cabo una travesura o ser parte de uno de sus planes de niñez, que siempre acompañaba de un buen poco de atrevimiento.

Busqué las palabras adecuadas, aquellas que entre sombras y luces hicieran honor a esta obra revestida de misterio en la cual, como en la vida, nos presenta historias en donde nada es lo que parece. Espero haber atinado en mi interpretación, pues en la lectura de esta obra tenemos que ir un poco más allá de su misma percepción.

Cuando la prosa y la lírica se juntan, los resultados son maravillosos. Imaginemos entonces lo que sucede cuando a estos elementos se les añade suspenso y misterio, presentando hechos que se salen de lo racional y van desencadenando eventos que pueden aparecer naturales, y hasta humanos, pero que van revestidos con tintes sobrenaturales y macabros. La obra nos transporta al interior del ser humano, como un espejo, donde lo que refleja conmociona, evocando sentimientos de hastío, repulsión y crítica... efecto casi escalofriante en cada uno de sus textos pues nos pone frente a una realidad que se prefiere ignorar antes que asumir.

Y es que en esta ocasión el autor nos lleva por los pasillos oscuros más amplios, las noches más eternas, los llamados más vívidos, el remordimiento más avasallador y el ser humano más despiadado, tal cual su naturaleza torturada, impaciente el corazón, haciéndonos sentir el suave recorrer de la sangre por las venas o las gotas de sudor como único escudo protector ante el martirio.

Y la pasión, cuestión de tiempo. Se acrecienta a galope, llevándonos sin rienda a dejar el cuerpo a sus anchas, viviendo los deseos carnales sin escatimo, deseos que, como toda paradoja, en ocasiones se vuelven lúgubres y nos aprisionan en el más fuerte deseo de escapar, de dejar todo atrás, incluso aquello por lo que arriesgamos lo más sublime que pudimos tener.

Monótona canción del tiempo encerrado en un reloj de arena nos lleva a vislumbrar que un minúsculo grano de la misma marca la diferencia entre empezar o terminar, como una cuestión de perspectiva,

perspectiva que ha fortalecido a la luz tenue de una lámpara, lúgubres paredes de madera y vino, acompañado de grandes autores, de los cuales ha extraído parte de su esencia, que ahora es la que presenta en este su *The Devil's Tree*.

Respetado lector, la luna de sangre se acerca, los relojes de arena no paran y las cuerdas en el árbol aún son mecidas por el viento atronador, oportunidad plena para dejarse llevar por él.

Dayra Blanco

San Marcos de Tarrazú. Marzo del 2021.

The Devil's Tree

Sentado en una colina en Basking Ridge se encuentra solitario un viejo roble cuyo apelativo levanta de por sí un aura de misterio. The Devil´s Tree. El Árbol del Diablo.

Me atrajo desde la primera vez que lo escuché nombrar.

Son muchas las historias y leyendas que circulan en la comunidad acerca de él.

Apenas pude, inicié una búsqueda de información sobre este lugar en periódicos, revistas y páginas web. Aunque las más extrañas historias fueron las que pude recolectar mediante conversaciones con algunos lugareños, quienes, muchas veces, en forma de broma o por superstición, me decían que tuviera cuidado con ese tema…

Poco a poco fui agrupando algunas ideas e historietas mediante mi preciada investigación, hasta que llegó el momento de adentrarme más a fondo en el tema, y así poder escribir una narración sobre este recóndito paraje.

Un día fui a visitar al árbol del diablo. The Devil's Tree.

Lo contemplé por entero. Caminé a su alrededor y me senté recostado a su tronco para poder sentir su corazón y admirar sus vestiduras. Me llamaron la atención los anillos de su edad y las marcas que el tiempo le otorgó. Su corteza mostraba profundas cicatrices en ese tronco robusto y sus ramas se extendían enrevesadas. Tenía un aspecto siniestro que producía pánico con solo mirarlo de lejos. Su presencia imponía respeto y temor al mismo tiempo. Tantas cosas se decían de él, que por un instante quise ser una de sus hojas para suscitar en otros el mismo pavor y pleitesía.

Con mi mano puesta en su tronco, al ras del suelo, comprobé lo que habían comentado muchos lugareños por décadas: que la tierra ahí era tibia, incluso estando en pleno invierno. Este fenómeno hace que cuando llegan las grandes nevadas invernales permanezca un anillo descongelado alrededor del tronco. Cuando lo toqué supe que por algo dicen los pobladores que aquella es una puerta al inframundo, al infierno.

Toqué a la puerta de una pequeña casa cerca del lugar. Era el hogar de Catherine Williams. Los empleados de la pequeña biblioteca en la ciudad de Basking Ridge, en donde realicé la mayoría de mi búsqueda impaciente de información, me recomendaron que hablase con ella, pues Catherine escribió en un periódico local una reseña histórica de los casos que se habían rumorado acerca del árbol durante cientos de años. Ella podría ayudarme a desenredar ese nudo de historias que volaban de un lugar a otro por medio de leyendas esparcidas por los lugareños.

—¿Qué desea? —me dijo mirándome a los ojos fijamente. Mostraba en sus pupilas un brillo que irradiaba terror.

Tartamudeando le contesté:

—Estoy haciendo una investigación acerca de The Devil's Tree y en todos lados me recomendaron visitarla.

—No quiero hablar de eso —me dijo cerrándome la puerta y dejándome con las palabras dando vueltas en el aire…

Angustiado, me subí al auto y regresé por el camino que me llevaba hasta el viejo roble.

Lo vi desde lejos y sin pensarlo decidí observarlo una vez más.

No me cansaba de escrutar cada detalle en ese viejo tronco, de sentir los escalofríos que me provocaba pensar que tenía que haber alguna historia real entre todas esas leyendas. Yo quería plasmar esa crónica misteriosa en una hoja para recordarla y mostrarla a quien deseara leerla.

El viento golpeaba mi cara, la brisa de esa tarde de abril estaba bastante fría. De pronto escuché una voz a mis espaldas:

—Si de verdad la gente lo tomara de otra forma, nadie se acercaría a él, les daría pánico saber que de verdad este árbol es un punto marcado con sangre, con sacrificio de almas inocentes.

Volteándome sorprendido por la voz, observé los ojos brillantes nuevamente, y mi piel se erizó gracias a la mezcla de la brisa y la repentina aparición de la señora Catherine.

—¿Me vas a ayudar? —le pregunté.

Con su cabeza hizo un movimiento, asintiendo. Yo me alegré y me llené de tranquilidad.

Regresamos a su casa.

Me sentó en un sillón de cuero, me sirvió un vaso de té, y ella se acomodó en una silla mecedora de madera frente a mí. Me dijo:

—Yo también quería investigar la realidad de la historia que esconde el tronco. Fueron muchas tardes las que me paseé por ahí, para observarlo, también incontables noches y hasta madrugadas. Tenía el deseo de vivir una aventura, como las que cuentan muchos vecinos, pero con tan mala suerte que nunca pude tener una experiencia paranormal en el lugar. Un tiempo después, cuando ya había dejado de perseguir esa tontería, o ya no me importaba como antes, me enamoré de un joven y gastaba mis horas dejando volar mi tiempo estando con él. Una tarde, de regreso a casa, nos despedimos en la puerta, él se marchó y yo me quedé en el corredor del frente, observando la luna, que estaba redonda y con un color rojizo, y me sentí de nuevo atraída por aquel misterio… *The Devil's Tree*, pensé, *jamás lo vi con una luna llena, jamás con una luna de sangre*. Caminé bajo la claridad que la luna me daba, y lo vi ahí, macizo y quieto, con sus hojas y su figura intimidante. En la loma donde se encontraba nadie me podía escuchar, lo pensé por un momento, pero luego decidí acercarme y verlo en toda su tremenda y horripilante fastuosidad. Estaba hermoso… puedo decir que brillaba en todo su esplendor, y el viento nocturno le ayudaba a tener ese semblante alucinador y espectral, bajo esa luna de sangre que nos regalaba la noche. Descansé la mano en su tronco y alcé la vista, sentí detrás de mí una sombra… Me volteé desesperada, sentí que mi corazón se quería salir, una ventolera hizo que mis cabellos se enredaran y que las hojas del árbol se sacudieran sin cesar. Quise gritar, pero no pude, la sombra que había sentido en mi espalda tomó forma: era una anciana de pelos grises, cenizos por el tiempo, su cara arrugada y sus grandes ojos radiantes y negros, mirándome de una manera que me espantó. Sus ropas, oscuras como la noche, un collar en forma de árbol seco, y una pulsera de igual forma, le daban más misterio a la que ahora sujetaba mi mano con fuerzas. Mi respiración se empezó a agitar y mis lágrimas manaban como gotas pesadas que hacían doler mis ojos. Mis piernas no cesaban de temblar. Hice un intento por gritar, pero ella, jaloneándome muy fuerte, me hizo callar. Cuando abrí los ojos estaba acostada al lado de una pequeña fogata; ella, sentada en un tronco, me miró, y de su boca salieron estas palabras que nunca hubiese querido escuchar: «Toma este brebaje, te va a tranquilizar, y podrás escuchar mis palabras y con tus ojos podrás ver el misterio que tanto llevas buscando».

Entonces la vieja inició su historia:

"Era el inicio del siglo, en una noche como la de hoy, con una luna de sangre que se veía en el cielo. Esa noche, el granjero Robert hizo un juramento frente al árbol del que tantas cosas se han dicho, pero ninguna como la que vas a escuchar y ver con tus ojos.

Él era un joven buen mozo, de ojos azules y pelo castaño, al igual que su barba, que le cubría buena parte de su rostro y despuntaba casi a la altura de su garganta. Tenía sus brazos tersos, aunque sus manos ya estaban bastante marcadas por una gruesa capa de rugosidad en su palma, y es que las herramientas que usaba diariamente en su trabajo ya habían formado una callosidad que le proporcionaba tal aspereza. Su piel quemada por el sol hacía resplandecer esos hermosos ojos, que al mirarlo con la claridad del día eran como cristales luminosos y bien pulidos. Su vestimenta era típica de un granjero: overol azul y camisa de cuadros, con botas de campo y sombrero de paja. Así, con su figura pujante, lo encontró Elizabeth trabajando sus tierras. Él la miró observándolo desde el cercado que daba al callejón, en la parte posterior de sus sembradíos. Secó el sudor de su frente, acomodó su sombrero y caminó hacia donde estaba ella. *Seguramente es una de las vecinas que desea comprar algunos productos de la granja*, pensó, y no dudó en saludarla con su mano. Ella respondió al saludo levantando su pálido brazo, y esperó a que el granjero se acercara hasta allá. «¿Cómo está señorita? Disculpe que la haga esperar, no la vi llegar», saludo Robert. «Muy bien», respondió, bajando su cabeza con timidez hasta mirar el suelo. «Recién he llegado, no esperé demasiado». «Qué bueno escuchar eso», dijo el granjero, «tengo pimientos, calabazas, tomates y huevos recién recogidos del gallinero; además, unas mazorcas de maíz muy tiernas. Son las primeras que recojo en la temporada», continuó, secando su sudor con un pañuelo viejo y manchado. Y al instante el campesino la dirigió: «Por aquí, sígame, solo hay que caminar un poco más y llegamos. ¿Está el sol un poco caliente hoy, no le parece señorita...?». «Elizabeth», respondió rápidamente la joven, «mi nombre es Elizabeth, Elizabeth Sawyer».

Caminando detrás de él, admiraba su cuerpo con discreción. Cuando llegaron al granero, Elizabeth escogió los vegetales que le parecieron más de su agrado, mientras Robert la observaba recostado a una viga de madera que sostenía el viejo lugar. *Tiene una piel muy blanca, su pelo negro oscuro, y sus ojos con una mirada muy discreta*, se dijo para sí mismo el campesino... «Es todo lo que llevaré», dijo Elizabeth mostrándole los vegetales y se acercó hasta donde Robert esperaba paciente. «¿Vives en la hacienda del lado?», preguntó él discreto, ya que había notado su acento europeo a la hora de hablar. «Estoy de visita, por unas semanas», respondió algo cortante la joven. «Que tenga un lindo día, y gracias por la visita, estaré a la orden, que Dios la bendiga». Ella lo miró a los ojos y sonrió nuevamente moviendo su cabeza hacia el frente. Caminando lentamente, se marchó. Robert la siguió con la mirada, hasta que desapareció por el camino. Entonces volvió a recordar esa sonrisa que Elizabeth le regaló y sonrió al verla en su mente.

De pronto, los gritos de un niño lo sacaron de su ensimismamiento. «Papá, papá, papi», se acercó su hijo corriendo. «Mamá nos espera para comer», completó. Y tomando de la mano a su pequeño, Robert dejó volar de su mente la sonrisa de Elizabeth y se encaminó con el chiquillo a su casa.

Habían pasado algunos días desde el primer encuentro, fue una tarde de jueves, mientras él caminaba por las calles del centro del pueblo, que se la volvió a encontrar. Estaba saliendo de uno de los almacenes, cargaba un par de bolsas en sus manos y él aprovechó la ocasión para saludarla. «Elizabeth Sawyer, te ayudo a cargar las bolsas», sonrió Robert al verle la cara de sorprendida. «No son tan pesadas, pero si me ayudas a llevarlas te lo agradecería», respondió ella, saliendo de su asombro. Se sucedieron varios encuentros cortos hasta que un día Elizabeth regresó a la granja. Era un lunes, el día que siempre venía a visitarla, pero su saludo no era frío y su sonrisa se pintaba en su rostro con solo verlo esperando por ella en el granero. «Ya tengo tus vegetales empacados, como siempre los escoges, y hoy te sorprenderás». «¿Con que?», pregunto ella. Sacando sus manos de su espalda, el granjero le mostró un bello ramo de flores y lo puso en sus manos. Era la primera vez que sentían sus pieles tan cerca, sus miradas se entrelazaron la una con la otra, a tal punto que al abrir y cerrar sus ojos, estaban terminando su primer beso, de los incontables que se darían. Robert tomó la cabeza de Elizabeth y la puso en su pecho, podía sentir el perfume que emanaba a flores silvestres, escuchaba el galope de su corazón, que trotaba rápidamente por la pradera donde sus dos almas habían podido encontrarse en ese momento.

Así pasaron muchas semanas. Elizabeth no se marchó de Basking Ridge, su corazón estaba poseído por lo que el granjero la hizo sentir.

Una noche, ya iniciando el otoño, Robert caminaba de regreso a su casa, luego de visitar a uno de sus amigos, al pasar por el portón de entrada de la casa de Elizabeth escuchó su nombre: «Robert, Robert ven aquí». Sorprendido, él corrió hacia la voz y se admiró al verla esperándolo escondida tras unos matorrales. «Quiero pasar la noche a tu lado, quiero estar contigo». Él se abalanzó sobre Elizabeth; y besándose con locura, se encaminaron al viejo granero. Ella temblaba de miedo, pero sus besos la reconfortaban, sus abrazos se hicieron enredaderas tirados sobre el piso lleno de paja del granero. Elizabeth sentía cómo su himen se rompía suavemente con la fuerza con que Robert penetraba su cuerpo y la hacía suya como ella lo deseaba. Así, la noche pasó sobre ellos, y el cariño se hizo una hoguera en sus corazones.

Por la mañana, sentado a la mesa, esperando el desayuno junto a sus dos hijos, el joven granjero notó la realidad que en su pecho habitaba, el amor por sus pequeños, la amabilidad de su esposa Loren, su familia, su sacrificio por verlos crecer y darles una buena vida, por luchar para salir adelante en su cotidianidad, y ahora, solo unas horas atrás, había tenido en sus brazos a una bella joven que lo hacía sentirse un soñador, lo amaba sin duda alguna. Sabía que se había enamorado sin pensarlo de Elizabeth, que esperaba los lunes para verla, que ahora la había hecho suya, como suya ya era Loren. Aunque la quería y la trataba con cariño, en Elizabeth había encontrado un sentimiento diferente; se sintió enamorado, confundido, se sintió vivo.

Robert no pudo esperar al lunes, y por la tarde, como a las cuatro y media, cuando se opacaba el cielo, y la noche se dejaba ver en aquel otoño, salió a caminar un poco. En su mente deseaba encontrarse en el camino a su angustia, a su deseo, a su pecado, a su nuevo amor. Llegó cerca de la colina, ya distante de su casa, y miró el viejo árbol de roble, imponente por siempre ahí. Recordó cuando lo escalaba hasta llegar a sus ramas; y que las veces que se sintió triste y solo en su vida se sentaba a sus pies y le hablaba al viejo tronco como si lo escuchara. Hoy, una tarde de otoño, lo volvió hacer. Tenía sus manos recostadas sobre el tronco, observando sus raíces, las que sobresalían de la tierra, y en voz baja le confesaba lo mucho que sentía por ella, por la pálida joven que sin querer había llegado a su vida y hoy la deseaba más que nunca. De pronto escuchó dos pasos y sus ojos vieron únicamente oscuridad ya que estaban tapados por dos manos suaves, pequeñas y pálidas. Supo que solo podía ser ella. «Yo también siento un fuego en mi pecho por ti, Robert, yo también te amo», dijo y soltando sus manos, dejó que él se diera vuelta, la besará apasionadamente y la hiciera suya nuevamente, al pie The Devil's Tree".

Catherine hizo una pausa. Luego recordó un detalle aterrador y continuó su historia:

—Por un momento, abrí mis ojos y la vi ahí frente a mí, sobre la silla de madera, que se mecía lenta y suavemente, su vista estaba desorbitada, y el chillido de la madera del piso al mecerse despacio me hizo sentir escalofríos nada más con verla ahí, frente a mí, en un trance que no podía frenar. Luego la anciana continuó hablando:

"Era otra tarde de lunes, los amantes solo esperaban unas horas más para su ya acostumbrado encuentro. El sol de la primavera brillaba con fuerza, la tierra calentaba y con ellas las hojas de los árboles, la yerba, el agua del arroyo que desfilaba cerca del granero donde se encontraban los enamorados platicando, acostados sobre un montón de paja. Por su lado, Loren había decidido visitar a Robert por la tarde, tenía una noticia que deseaba comunicarle, su felicidad se fortalecía con solo imaginar la cara que pondría al escuchar las novedades, al enterarse de que en su vientre palpitaba un pequeño corazón que iba tomando forma y en seis meses, o tal vez menos, lo podrían acariciar, llenar de amor y ternura. La puerta trasera estaba un poco abierta, supuso que Robert estaba ahí dentro, en sus labores, y muy despacio se coló por el portón para poder sorprenderlo, en su mano llevaba un pedazo de pastel de manzana recién horneado, hecho con sus tiernas manos. Escuchó un ruido, le pareció que era la voz de su marido, y fue dando sus suaves pasos sobre el pasto seco que cubría el suelo.

Lo que vio casi la hizo morir en el instante, sintió que su vientre se hacía un puño, y que su espíritu se le quebraba en mil pedazos, le dolieron sus ojos, pero más le dolió su alma: Le acariciaba el pelo, le mordía los senos, la llenaba de besos y ella suspiraba enloquecida, los dos sudorosos proseguían su acto, ella sentada en los muslos de Robert sentía cada una de las penetraciones que la hacían volar de placer, era él quien la hacía gemir, sonreír y gritar de goce mientras caían las gotas de sudor que besaban el suelo. Ellos nunca notaron esos ojos celestes que desde el otro lado del granero los observaban repletos de dolor. Loren hacía muecas de desconsuelo, Elizabeth hacía muecas de placer, el sudor estaba en todas las pieles, pero el más pesado y frío era el de aquella humilde y sumisa esposa que le tocó ver cómo su esposo hacía gritar de placer a una bella joven. Esos alaridos de gozo pronto se convirtieron en los dardos que se incrustaban en su pecho.

Loren soportó cuanto pudo, pero no pudo mirar más; dejó caer lo que cargaba en sus manos y, dando la vuelta, salió del granero corriendo y dando gritos de dolor mientras Elizabeth, descontrolada, emitió un tremendo grito orgásmico y Robert eyaculaba como nunca imaginó que se pudiera dejar ir.

Al regresar a casa, Robert encontró a su mujer postrada en la cama, sudorosa y pálida, temblando de frío sobre unas sábanas blancas teñidas de sangre. Perturbado, Robert buscó ayuda para su esposa, pero ya era muy tarde. En ese instante fue cuando se enteró de la sorpresa que su mujer le tuvo reservada, esa maravillosa noticia truncada por la daga del desengaño que ardió tan profundamente en el alma de Loren. «No hay nada que hacer, el embarazo se ha interrumpido». Así, mirándole el médico a los ojos, le informó de la situación. Secó sus lágrimas y corrió a la habitación, la miró con sus ojos cerrados, estaba muy débil y el sedante la haría dormir por un buen rato.

Permaneció junto a Loren varias horas, tomando sus manos, acariciando su cara, mojando su frente con una toalla de agua tibia. Se sentía culpable, angustiado, y recordó el pedazo de pastel que vio en el suelo del granero y que la puerta trasera estaba abierta… entonces lo comprendió todo. Su esposa los había observado, ya sabía de su amorío con esa jovencita que él tanto deseaba, era su culpa, no había otro culpable en esta situación.

El dolor se apoderó de él, de sus ojos brotaron lágrimas que empaparon sus ropas, la tristeza se acomodó en su pecho, era el castigo que tenía que pagar por su pecado, por inmoral.

Temblorosa, Loren entreabrió los ojos y lo miró junto a ella; escuchaba su voz a lo lejos, como en un sueño, en imágenes borrosas. Su voz le pedía perdón, le rogaba que absolviera su acto, suplicaba por una oportunidad de remediar el mal realizado; veía borrosamente sus lágrimas, que como goterones caían sobre ella. Súplicas, arrepentimiento, dolor en sus palabras, parecían estar adentrándose en un infierno. Loren no dijo palabra alguna, solo dejo caer un hilo de lágrimas de sus ojos, lágrimas que derramaba con dolor. Él lo sabía, había causado un daño irremediable y le pesaba la conciencia. Pronto se arrinconó en las paredes de la habitación y, de la desesperación, empezó a rasguñar con sus uñas las paredes. El aire le pesaba hasta para respirar.

Esa noche Robert la pasó en vela, junto a ella, recordando cómo empezó todo, cómo se había creado esa telaraña de sentimientos que lo tenía desecho en ese momento. Eso sí: ya tenía una decisión tomada y deseaba que amaneciera para gritarle en la cara a Elizabeth que se largara de allí para siempre, que desapareciera de su mundo porque ya no podría cargar con su engaño, el cual de pronto se convirtió en su agonía.

Se quedaron de ver ahí, bajo la sombra del viejo roble. Elizabeth estaba sentada sobre el pasto y al verlo a lo lejos corrió hasta a él, a lanzársele con sus brazos abiertos y abrazarlo fuertemente, como acostumbraba hacer. Pero al llegar cerca de Robert, notó su cara de angustia y quiso evitarla. «Nos tenemos que dejar de ver, me has destrozado mi vida, mi familia y mi alma», culpó directamente a Elizabeth y continuó con sus lamentos y sus quejas en contra de su amante. Ella lo escuchó en silencio y luego le suplicó que se fugaran juntos de Basking Ridge, le dijo que lo amaba y no quería distanciarse de él, que no era su culpa haberse enamorado: «El amor no distingue situaciones, el amor es amor Robert», le dijo llorando desconsoladamente. Robert puso su mano sobre el árbol y sintió el calor que brotaba del tronco, sintió cómo por dentro de su cuerpo también se calentaba su ser, y volteándose hacia Elizabeth con un movimiento veloz, le dijo que tenían que acabar con eso para siempre. Sus ojos brillaron, rodaron lágrimas y se nubló su vista. Elizabeth se acercó a su oído y le susurró una palabra, besó su mejilla y se marchó llorando desconsolada.

Pasaron algunos días, la rutina fue tomando su pasillo de cotidianidad, labores en el campo, cuidar a sus hijos y noches llenas de pesadillas. Él había perdido el brillo de sus ojos, por ratos se sentía muy triste y de aquella que lo hizo reír no sabía nada; su última noticia la escuchó cuando se marchó del pueblo, como él se lo pidió. La relación con Loren había mejorado, pero ella nunca le perdonaría su infidelidad, por el momento le bastaba con no recordarla, y sus sufrimientos se cicatrizaban lentamente. A Robert se le hizo muy difícil volver hacerle el amor, se sentía confundido y el recuerdo de la lujuria que le daba Elizabeth lo hacía temblar. Una noche, estando en el lecho, acariciándole la espalda, besándole su pelo, su boca, tocando sus senos y provocándole su humedad corporal, se sintió muy excitado y se dejó llevar por la carne, sus respiraciones se alocaban y sus besos eran desenfrenados, los quejidos se encerraban bajo las sábanas y los ecos de los mismos eran las repeticiones del deseo. Cerrando sus ojos él encontró en su imaginación a la jovencita que hacía poco lo desbordó. Abrió lentamente sus ojos y creía verla en la cama frente a él, llamándolo por su nombre, gimiendo lujuriosamente; y su cuerpo apreció el mismo calor que había sentido un día recostado en el viejo tronco. Gritó con fuerza y cerró sus ojos. Agotado, se durmió al lado de su esposa.

En poco tiempo, Robert empezó a soñar:

Su voz le decía su nombre, caminaba por un paraje desconocido, lleno de yerba y juncos sobre piedras, que lo encerraban en un acantilado; a lo lejos la veía caminar, llamándole, se volteaba hacia él, y con la mano le hacía señas en formas de corazón. Pero luego se alejaba más y más; y él, perdiéndose en medio de las enredaderas. Robert no la lograba alcanzar. Llegó a una parte del acantilado que se llenaba de rocas gigantescas y la observó sobre una de ellas, escaló rápidamente con sus dedos los pedriscos, sentía cómo sus uñas se clavaban en la arcilla de la roca, ya sólo le faltaba un paso más y ella lo esperaba con su mano para ayudarle a subir hasta la cima. De pronto resbaló al precipicio y cayó de espaldas sobre las piedras; abrió sus ojos y la miró, observándolo frente a sus ojos. «Mátalos, vas a matarlos», le decía sin parar, hasta que su cara fue cambiando y transformándose en facciones tenebrosas que borraron todo su rostro.

Robert dio un fuerte giro y abrió sus ojos, despertando de otra de sus incómodas pesadillas.

Caminó por la tarde, se sentó bajo la sombra del viejo roble, recordó ese fuego que emanaba de sus raíces y palpó con sus manos la tierra: estaba caliente.

Movió más tierra con sus manos y la sintió más caliente todavía. Movió algunas hojas y observó un pequeño pajarillo muerto, tenía un color verdoso tornasolado, un pico alargado y parecía tener las alas llenas de cera. Lo tomó en sus manos y lo admiró, algunas hormigas salieron de su pico, y de un salto, sacudiendo sus manos, lo arrojó al suelo. De pronto sintió que su visión se ponía borrosa; arrodillándose, se sujetó del tronco y un eco resonó en sus oídos: «Mátales». Su respiración se agitó, su corazón acelerado palpitaba fuertemente. «Mátales». Observó al pajarillo en el suelo, pero lo vio muy borroso; y al mirar su mano recostada en el tronco del roble, la observó llena de sangre. Se paró de un salto y revisó de nuevo su mano; esta vez no encontró herida alguna. Un fuerte viento movía las ramas en las alturas y el eco se hizo más fuerte. «Mátales». Desorientado, Robert miraba a su alrededor y veía cómo las hileras de sembradíos en el campo se convertían en paredes que se le venían encima. Caminó dejando el árbol a sus espaldas; y al voltear hacia él, pudo ver un reflejo de cuerdas en llamas que colgaban de sus ramas.

Ansioso y confundido, avanzó como pudo hasta el granero, abrió la puerta y sollozando abrió un viejo cajón de donde sacó una botella de *whiskey*. Tomó un sorbo hasta donde pudo, dudoso de lo acontecido. Volvió a empinar la botella en su boca, hasta que su corazón dejara de galopar como un pura sangre por la pradera de la desesperación. Secó el sudor de su frente y volvió a beber otro poco del alcohol, ya sintiéndose más tranquilo y adormilado por el efecto que el mismo había hecho en sus venas. Así, muchas tardes recordaba ese eco que aparecía por todas partes, esa voz urgiendo «Mátales», que lo hacía sentirse un miserable, un demente, llevándole a perder su normalidad. Y aprendió a enmudecer esos mortificadores gritos con algo de alcohol para apaciguar su alma.

El viento revoloteaba sobre las ramas, The Devil's Tree estaba ahí en la colina, solitario, esplendoroso, con su tronco carrasposo y tibio, sus hojas ya empezaban a amarillearse, el otoño besaba todo su ser, era el inicio de una luna llena que pronto se asomaría para darle el resplandor desde lo alto del cielo, la brisa enfriaba con el llegar de la noche. Robert se encontraba sollozando, recostado contra sus raíces, con una botella vacía a su costado, caían ríos de lágrimas de sus ojos. Se mecían las cuerdas sobre la rama más gruesa del árbol, la luna llena ya iluminaba la pradera, y las sombras se notaron a sus espaldas. De las cuerdas colgaban su mujer y sus dos hijos, sangrientos y sus ojos casi afuera de sus cavidades. Los miró balanceándose con el viento, era ya tarde y la luna tomaba un color rojizo, era una luna de sangre.

Regresó perdido en su llanto, se trepó en una pequeña tuca de madera, enganchó su cabeza a la soga y con sus pies la movió del lugar, su cuerpo brincaba desorbitado, la saliva le chorreaba por su boca y su lengua salió alargada y azul. Así dejó de escuchar los ecos para siempre, The Devil's Tree los abrazó bajo la noche de otoño, en esa hermosa luna de sangre".

Cuando la anciana terminó de hablar, yo estaba muda, la observé del otro lado de la fogata que únicamente tenía las brasas ardiendo. De sus mejillas caía un hilo de lágrimas que iba marcando una mancha de color negro. Dudé en preguntar, pero me ganó mi impulso.

—¿Y tú cómo sabes la historia? —pregunté con mi voz temblorosa y seca.

—Yo soy la voz que Robert escuchaba en su mente. Mis últimas palabras al despedirme: «Mátales».

Precipitadamente me puse de pie, y, a como pude fui escapando del lugar, sintiendo el viento azotar las ramas del roble, mientras la luna roja en el firmamento brillaba intensamente. Ya algo lejos, volteé mi cabeza y vi la figura sobre la rama, vi la sombra de los cuatro cuerpos colgando de las sogas. Perturbada, quise gritar fuertemente, pero lo único que pude decir fue «Mátales».

La silla seguía meneándose, haciendo crujir el piso de madera; yo, temblando, traté de alzar mis ojos y ver su cara, y noté cómo en su rostro seguían cayendo unas lágrimas que iban marcando en sus mejillas una línea negra. Precipitadamente me levanté del sofá y busqué la puerta, ella se quedó en el mismo sitio. Corrí al auto y como pude me marché rápidamente...

Al pasar cerca The Devil's Tree me estacioné y, mirando en lo alto una luna llena rojiza, recordé lo recién escuchado y mi piel se me erizó. Volteé a ver la rama del roble y vi las sombras balanceándose de las cuerdas, los cuatro cuerpos colgaban moviéndose lentamente. Subí precipitadamente al coche, y sentí en mi rostro rodar las lágrimas. Me observé al retrovisor y vi la mancha negra en mis mejillas. Quise gritar fuertemente, pero solo pude decir «¡Mátales!».

Las plumas eran mi miedo

No sé cuándo nos convertimos todos en aves extrañas. No suelo acudir al espejo, pero por error volteé la cabeza caminando en el pasillo, y al fondo encontré mi silueta reflejada, que colgaba durmiente sobre la pared. No era yo, ese no era yo. ¡Lo juro! ¡Era un ave, sí, un pájaro! Extraña visión... ¿no les parece?

Consumido en la intriga del espectro que presencié, bajé las escaleras a la primera planta de mi casa, evitando encontrar el reflejo de mi cuerpo en cualquier lugar. Fue entonces cuando mi mente me jugó una mala pasada y mis miedos se apoderaron de mí, mi visión se distorsiono y me parecía que las paredes tomaban formas de espejos vivientes. Mi plumaje iluminaba todo alrededor, eran plumas negras y muy brillantes, con un tornasol que irradiaba un brillo cambiante a la hora de dar cada paso en las escaleras. Trastabillando y como puede me sostuve del pasamanos para no caer al suelo. Casi mudo y sudoroso llegué a la cocina envuelto en un temblor que me impedía sostenerme en pie en un solo lugar.

¡¿Pero, qué demonios es esto?!

—¿Qué mierda pasa aquí? —fueron las primeras palabras que salieron de mi boca, seca y mal oliente, como suele suceder por las mañanas cuando varias botellas de vino cruzan por mi garganta la noche anterior.

Mi jardín, mi zona verde, estaba invadido por cientos de aves negras, cuervos en su mayoría, todos observándome asomado por la puerta de cristal...

¿Qué mierda es esto?

—¡Cthulhu! —grité—. ¡Cthulhu! *¡Ven, perro cobarde!*, murmuré para mis adentros.

Decidí buscarlo hasta que lo encontré durmiendo en el sofá de cuero, que estaba tan gastado que hasta tenía una marca donde Cthulhu acostumbrada dormir. *¿De qué me sirve que seas un husky hermoso y supuesto a ser lleno de energía si te pasas el día entero acostado?*, pensé.

Los huskies eran una de las pocas razas que me gustaban de perros, siempre me sentí atraído por el color de ojos de ellos: azules, amarillos, verde intenso; pero yo escogí a este por algo especial, la heterocromía que le daba en su ojo derecho un azul pálido y brillante, y en su ojo izquierdo un amarillo titubeante. No había sido fácil encontrar un ejemplar así, con este detalle en su cara, y con su cuerpo blanco y su collar de pelo negro hasta media espalda. Fue luego de vivir diez largos años escuchando a mi esposa martillarme la cabeza con que nuestros hijos necesitaban una mascota, que cedí a mi estricta regla de no tener perros a mi alrededor. Ya se lo había explicado mil veces: no quería tener malas experiencias, como siempre me pasó. Mi recuerdo más distante del que algún día fue mi perro era aquel de una vez en que, acompañando a mi padre y adentrándonos a un matorral, yo cargaba una pala y él un saco a sus espaldas. Tomó la pala y cavó por largo rato mientras yo me asomaba por la parte abierta de ese maldito saco amarillo en donde podía ver a Betún, mi perro negro, muerto y aún con espuma en su hocico, gracias a ese maldito vecino, quien decidió darle de comer un pedazo de pollo envenenado para acabar con su molestia a la hora de su culto. Y es que cuando se reunían los feligreses y diezmaban sus palabras, el pobre Betún, atraído por las personas y ladrándoles sin parar, no los dejaba en paz. Su espíritu amistoso lo convirtió en una víctima del pastor de ese pequeño pueblo. Mi padre tomó el saco amarillo, lo puso en el hueco, giró la parte abierta y ahí cayó golpeando el fondo no distante el pobre Betún, que fue un imán para las moscas que rápido empezaron a revolotear por todas partes. Mi papá tomó la tierra esparcida y lo fue cubriendo rápidamente, hasta taparlo por completo, mientras yo lloraba pronunciando: «Adiós Betún».

—Vamos, Cthulhu, necesito que espantes a esos malditos pájaros. —Y tomándolo de su collar, lo tiré del sofá donde dormía y abrí la puerta corrediza de cristal—. Ve y espanta los cuervos —le dije desesperado. Cerré la puerta por precaución—. ¡Ahora, perro inútil! —le grité desde el otro lado de la puerta, mientras él me miraba a los ojos, su vista llena de miedo y un quejido mientras movía su cabeza como preguntándome si de verdad tenía que ir allá, en medio de esa bandada de aves negras—. Sí, allá —le volví a gritar—. Corre, Cthulhu. —Pero sin hacer caso a mis órdenes, volvió a lloriquear.

Un graznido se escuchó, seguido por otro como en respuesta del primero, ahí el perro movió su cabeza intrigado por el sonido y gruñó, dejando ver sus dientes blancos y su agresividad natural. Los pájaros continuaron graznando todos a la vez, ensordeciendo mis palabras, e invitando al husky a su llamado, el cual, una vez molesto, corrió al medio del patio ladrando fuertemente, saltando y tratando de cazar los malditos cuervos. Pronto daba saltos manoteando rápidamente, desprendiéndoles algunas plumas que volaban por los aires en medio del ruido provocado por los ladridos y esos chillidos tan extraños que realizaban los pájaros.

Pasaron pocos segundos y algunos de los cuervos tomaron vuelo. Al ver el esfuerzo de mi perro me di cuenta de que había cometido un error, varios de los cuervos de mayor tamaño se dirigieron a él con sus garras afiladas y sus picos duros y filosos, iniciando un combate abrumador.

Escuché los gritos de dolor de Cthulhu, de inmediato corrí a la puerta y tomé un trozo de madera que estaba en el suelo y me dirigí en su ayuda, podía apreciar cómo esos cientos de aves me revoloteaban sobre la cabeza, escuchaba sus sonidos como gritos y chillidos en mis oídos, los cuales sentía sangrar de dolor. Como pude, moví el madero de un lado a otro para poder llegar a donde se encontraba mi perro. Golpeé a varios de ellos, vi cómo caían al suelo y volvían a revolotear hacia mí, hasta que puede llegar al lugar donde seguía la lucha, pero ya era algo tarde. Cthulhu yacía en la hierba ensangrentado, picoteado por mil partes, su cuerpo estaba lacerado por las garras afiladas, su pelo estaba empapado con su propia sangre, las heridas supuraban sin parar y sus ojos fueron reventados con los picos que los punzaron fuertemente.

Grité un ahogado «¡Nooooo!». Los cuervos tomaron vuelo mientras yo veía cómo Cthulhu agonizaba en el suelo. Llegó hasta mí el sentimiento que de niño sentí aquel día que murió Betún y lloré igual. «Discúlpame amigo», le dije gimoteando; y tomando un trozo de madera aplasté su cabeza ayudándole a morir más rápidamente.

Miradas desde la cruz

Me miraba desde lo alto, con sus ojos hundidos y su rostro ensangrentado, en sus muñecas los clavos, sus manos atadas y en su frente la corona de espinas. Yo, arrodillado, suplicándole por ayuda, disimulando mi babel espiritual, buscando respuestas en mi vida, sentí cómo las lágrimas se resbalaban por mis mejillas, mi llanto era hondo y pesado, mi visión borrosa, apenas distinguía el altar. Escuché las campanas redoblar, mi trance se desvaneció y me di cuenta de que el calor del mediodía nos golpeaba a los dos por las espaldas. Alcé la mirada y Él seguía observándome sin detenerse. Sentí lástima por Él, por mí, noté que mis súplicas silenciosas eran en vano. Me levanté tropezando en medio de las bancas de la catedral, busqué la salida y lo abandoné en medio de su crucifixión para no volver a dudar que en medio de su dolor no tenía oídos para escucharme. *Al menos mi cruz es invisible*, pensé.

Por las noches

Cuando las paredes sienten la presencia de la noche, cierran sus ojos para dormir, recuestan sus perfumes sobre el colchón, aprietan sus clavos y se deslizan en el sueño lentamente...

Una noche de tantas una sombra se deslizaba por los pasillos, casi sin respirar, caminando sobre la punta de sus dedos para no despertar a los maderos del piso y hacerlos crujir y sollozar con sus pasos. Poco a poco fue dejando atrás la puerta de donde provenía, su lecho y el rincón en el cual había planeado aquella ocasión tan esperada.

Su corazón galopaba fuertemente, podía escuchar la manera en que cada palpitar hacía que su sangre recorriera por sus venas, al tiempo que cada pestañear de sus ojos lo asustaba sin querer. Solo faltaban unos pasos para girar la manecilla de la puerta que lo esperaba para estar del otro lado del pasillo.

El reloj sobre la mesita marcaba las doce treinta y cinco cuando abrió la puerta suavemente, tratando de no crear ningún chillido. Las luces rojas de neón frente a sus ojos le dieron la bienvenida.

Ella dormía placenteramente. Se soñaba caminando entre jardines enormes de rosas, que se extendían a lo lejos hasta no poder ver el final. Podía oler aromas suaves y exquisitos, sentir el sol ardiente, gozar el viento corriendo sin límites, besando su cara, platicándole a su oído con voz angelical.

La sombra se asomó sigilosamente, con mucha calma, despacio, con la cautela de no ser escuchada, dejó la puerta a sus espaldas y se aproximó hasta el lecho en donde ella viajaba en sus hermosos sueños. Acercándose a su boca, la sombra besó los suaves y finos labios, los tocó con sus dedos y acarició su frente.

Ella, despertando impresionada, dio un fuerte movimiento, el cual fue opacado con la mano en su boca, para que no pudiera gritar.

«No te asustes, soy yo. Recuerda que te vengo a hacer compañía, no temas», le dijo. Y luego de moverla al centro de la cama, la sombra se adentró en las sábanas tibias.

Ella quiso levantarse, pero las manos de la sombra la sujetaron con mucha fuerza. Ella recordó el cuento de Caperucita Roja y el lobo feroz.

Se sentía llena de miedo en medio del bosque, acompañada por el lobo que ahora se había acurrucado en su cama. Sentía sus garras presionando sus manos y el aliento tibio y añejo saliendo de su boca.

«No me hagas daño», suplicó. «No me hagas daño, por favor», susurró escalofriándose aprisionada de temor.

El lobo sonrió y acarició su mejilla, mientras sus ojos brillaban debajo de la ropa de cama, ahora convertida en bosque...

«No temas, no grites, y no llores, no te voy a hacer daño, solo quiero hacerte compañía y calentar mi cuerpo junto al tuyo. El lobo no te devorará esta noche, solo jugará despacio, con delicadeza, y hará brillar tus ojos con gotas de placer... ¿Te gustan los claveles? Haremos que tu clavel suelte su perfume, y me regalarás toda su esencia... Ahora, quítate tu capucha...».

Ella, muy asustada, seguía temblando y con mucho cuidado siguió las instrucciones de la sombra con rostro de lobo.

De a pocos fue desvistiéndose, hasta quedar desnuda y tirada en la cama, en medio del bosque y en compañía del lobo, que se lamía los labios y en ratos paseaba su lengua por los de ella también.

Las manos peludas recorrían la piel, tocando su cabello, luego sus pequeños botones que algún día llegarían a ser senos. El lobo bajó su boca y se detuvo ahí. Usando su mojada lengua lamió y lamió, hasta notar cómo se enfurecían los pequeños claveles que aún no daban muestra de ser hermosos y perfumados.

Siguió recorriendo toda la superficie corporal de la joven hasta chocar con lo que él más buscaba, y olfateó, con gusto sonrío, puso sus mejillas para sentir el calor que manaba del interior; y, cerrando los ojos, su lengua no paró de lamer. Y así se llevó varios minutos... él sonreía y Caperucita lloraba al sentir la saliva desfilando por sus piernas y sus nalgas, creando un ambiente húmedo y lóbrego dentro de las sábanas.

El lobo gimió de placer, brincó de la cama y se echó a correr. *No vaya a ser que el cazador esté merodeando a deshoras por el pasillo*, pensó.

La madrugada acariciaba su frente, los ríos brotaban de sus ojos y aguaban sus mejillas. Lloró sin comprender lo sucedido. Aún no amanecía cuando se levantó y se detuvo frente a su espejo. Vio su desnudez y notó la suciedad en su piel. Corrió al baño, quiso borrar esa noche con agua, pero no lo consiguió.

La saliva del lobo no solo caminó por su entrepierna, llegó a profundizar en su piel y, peor aún, en su mente...

Ahora odiaba la noche, y sufría por el día, al temer que otra vez el lobo volviera a pasear por su bosque.

De vez en cuando la manecilla de la puerta gira por las noches. Las paredes duermen y la sombra cruza por el pasillo, caminando los pasos hasta volver a girar la cerradura de la puerta que está al otro lado. El reloj lo recibe con sus luces de neón, ahora los claveles tienen un fuerte perfume, y el lobo lame y lame y lame, hasta que gime en forma de aullido...

Dicen que las paredes no pueden hablar, que las paredes no tienen ojos y que son solo un trozo de madera...

Pero yo, quien colgado y atado por los clavos que me sujetan pude ver cada una de esas noches en que la sombra caminaba lentamente por los pasillos, cuando escucho el crujir de la puerta cierro mis ojos y pienso que solo soy parte de este madero que cuelga como un adorno y espera que el leñador aparezca pronto por este siniestro bosque y sea el salvador en medio de estas noches de martirio, ya que ni las súplicas, ni los quejidos de la Caperucita, pudieron despertar a su abuelita...

Las ventoleras

Dicen que en medio de las ventoleras de diciembre ni los aullidos de los coyotes se escuchan. Las ráfagas son tan fuertes que pasan degollando los vástagos en medio de los cafetales, meneando de un lado a otro sus frágiles hojas hasta hacerlas romperse por muchas partes. Con su gemido el viento va levantando el polvo de las calles de piedra y los callejones que se adentran a los solitarios pasadizos en medio de los verdes sembradíos.

Era una noche de luna llena la que acompañaba a los céfiros veraniegos; el manto a lo lejos, en la inmensidad, estaba cargado de estrellas que parpadeaban sin cesar. Al igual que el viento, la noche se adentraba en sus horas más oscuras, y la calidez de la brisa se tornaba cada vez más fresca.

Nadie lo vio llegar, nadie lo escuchó, sus pasos fueron opacados por el crujir de las ramas, el silbido del viento correteando sin parar, el chocar constante de las hojas que aplaudían como manos en medio del campo, y el suave correr del agua de la pequeña quebrada del poblado.

Caminó muy precavido por las orillas del riachuelo, esas orillas que conocía de memoria ya que visitó muchas veces esos cauces en su labor de jornalero.

Adentrándose en un cañaveral, decidió esperar la medianoche, no quería que ni los perros del vecindario se dieran cuenta de su presencia, sabía que estos se agrupaban por las noches bajo las opacas luces de las lámparas del camino principal, a la espera de los coyotes que bajaban del cerro buscando qué comer. Los ladridos en manada son una forma de ahuyentarlos, es una especie de batalla entre bandos, que a cualquiera le erizaría los pelos debajo de las sábanas. De un lado, los aullidos que toman forma de gritos, cada vez se escuchan más cercanos y más constantes; y del otro, la respuesta de los perros del vecindario, que muchas veces se sentían correr por los potreros o en medio de los cafetales. Todos en plena lucha por el territorio.

Miró el reloj y se dio cuenta de que la hora había llegado. Continuó su viaje, ahora siguiendo un trillo que cruzaba el cafetal. Como un espectro se iba deslizando sin prisa, una pequeña linterna en su mano que encendía de vez en cuando; no fuera que algún vecino notara su aventura. Sus únicas cómplices eran las candelillas que de cuando en cuando se estrellaban en su cara, al igual que las bandolas de las matas de café, que dejaron más de una marca en sus manos y en su rostro.

En la parte más alta del barrio vivía doña Matilde, una anciana de unos setenta años, fiel creyente en su Dios y rezadora sin comparación. La conocían como La Viuda del Alto. Contaban las malas lenguas que ella provocó la muerte de su marido al ofrecerle un caldo de gallina con alguna sustancia venenosa de condimento extra. El pobre hombre no vio ni las vueltas cuando quedó ahí mismo. Y como la mujer tuvo la ventaja de que en esa época no se hacían los estudios pertinentes a los fallecidos, al día siguiente el finado fue sepultado en el cementerio local.

Ante el misterio de su muerte, los vecinos inventaron varias hipótesis para explicar lo sucedido. Algunos decían que la doña tenía un amante, y era por eso que asesinó a su esposo; otros rumoreaban que la muy sinvergüenza lo hizo para quedarse con sus bienes, ya que el hombre era conocido por manejar mucho dinero; a más de uno se le escuchó decir que la anciana había hecho un pacto con el Diablo y que le tocó pagar con la vida del esposo. Pero todo eran suposiciones y cuentos que se escuchaban en las noches de reuniones del vecindario.

Todas las tardes asistía a la capilla del pueblo, a visitar el Santísimo o para acompañar en el rosario en meses de rezos, o hacer su novena al Divino Niño; y era una voz conocida al rezar los rosarios para las ánimas, siempre acompañada de su amigo fiel, un perro pequeño, que más que decirle perro, diríamos un "zaguate". Cuando la veían entrar no faltaba el fulano que murmurase: «Rezando para descontar en la Tierra, y que al menos le toque pasar al Purgatorio, si tiene algo de suerte». Como es común en los pueblos, todos los vecinos se conocen, y más aún a las personas mayores que son parte de la historia de sus terruños. La viuda desde hacía más de quince años había aprendido a compartir la soledad con Careto, su pequeño perrito, el cual le parecía que era un ángel enviado a su compañía. El envejecido can solía, por las noches, quedarse durmiendo en el corredor frente a la puerta, arrojado en forma circular, pegando su cola con su hocico, para sentir el calor que le daba su propio pelo, lamiéndose las pulgas o esperando alguna sombra a la cual latirle, cosa típica de los zaguates.

En las noches en que los coyotes se proponían hacer caravana y bajar hasta el pueblo, el pobre Careto se pasaba ladrando y temblando, quería ser un perro protector y así se lo demostraba a su dueña, pero las fuerzas ya no le daban. A pesar de ser uno de los pocos perros que no se reunía bajo la lámpara, Careto actuaba como el vigía de ellos: cuando los coyotes se acercaban era el primero en ladrar y ahí iniciaba el alboroto. Cuando se escuchaban sus ladridos todos los pobladores decían: «Ya bajaron los coyotes, ¡cuidado con las gallinas!».

Esa noche los grillos no paraban de grillar. Aquel que se escabullía en medio de los sembradíos, los escuchaba como si estuviesen dentro de su cabeza, y a eso se les sumaban los "cuyeos" que, con sus cantos de aves nocturnas, acentuaban el suspenso de la medianoche.

El caminante no vio luz en la pequeña casita de madera que estaba en la loma del pueblo, empuñó la navaja y se fue acercando lentamente, miró dónde estaba echado el perro y, sin ser sentido por el envejecido canino, lo tomó por el cuello, resbaló la navaja con fuerza asesina y lo dejó desangrándose en la acera mientras él caminaba a la parte trasera de la casa.

Por su mente le pasaban los comentarios que tantas veces escuchó sobre La Viuda del Alto. Era una víctima perfecta: anciana, solitaria y con plata en mano. Sería cuestión de unos minutos y la misión, que había estudiado durante algunas semanas, se concluiría a perfección.

Metió la hoja de la navaja por la rendija de la puerta, alzó el picaporte y lo deslizó hacia atrás. La puerta dio unos pequeños chirridos hasta quedar abierta de par en par. Secó sus manos en su pantalón y de una patada tiró la puerta del único cuarto que tenía la casa y se adentró en él.

Los vecinos más cercanos de doña Matilde dijeron que escucharon al menos cuatro disparos, y que parecían venir de lo alto del pueblo; pero como es de costumbre en medio de las ventoleras de verano, los sonidos suelen volar desde muy lejos. Nadie volvió a comentar nada en el pueblo.

El plan le había salido casi a la perfección, pero… debió haber escuchado y tomado en cuenta ese importante rumor: que la viuda del pueblo tenía un amante por el cual había matado a su esposo. Al menos por detalle o por las dudas, ya que no se sabe qué tan cierto son los rumores en los poblados. Pero en esta ocasión, cuando quiso adentrarse en la habitación, lo esperaba un hombre de unos sesenta y cinco años, con un pequeño revólver y cuatro balas que se incrustaron en su cuerpo. Ahí mismo cayó muerto el invasor...

Lo bueno de las noches de verano, cuando hay luna llena y lo acompañan las ventoleras, es que hay ruidos que no se escuchan, y mucho menos el de un sacho y una pala detrás de un gallinero.

La anciana regresó a la capilla como era costumbre esa misma tarde, esta vez no la siguió el perro, pero no faltó la vecina chismosa que le preguntó dónde estaba Careto. Respondió con voz afligida y secando sus lágrimas: «Amaneció muerto, ¡pobre Careto!, tuve que enterrarlo detrás del gallinero».

La doncella y la pócima

Tomó la pócima en su mano derecha, le quitó el tapón, abrió su boca, cerró sus ojos, sintió que el líquido pegajoso se introdujo en su boca y recorrió su garganta. Sus lágrimas cayeron rápidamente. ¿Eran lágrimas de pena? ¿Llanto de amargura? ¿Sabía que ya nunca más volvería a ser la princesa que recorría el bosque encantado? Tropezó con los recuerdos, imágenes borrosas de los momentos que fueron parte de su felicidad: se vio paseando por la pradera de su niñez, observando las rosas adornar su frente en forma de corona, las manos cariñosas y suaves acariciar sus mejillas. *El pasado siempre se ve como un tiempo perfecto,* pensó, y tragó el último sorbo del blancuzco y pegajoso brebaje.

Abrió sus ojos, observó un cuerpo desnudó a su costado, una mancha roja en la sabana, sus piernas húmedas, temblorosas, su corazón agitado, quería gritar de la conmoción, pero enmudeció por temor a decir lo que no debía, y por su mente pasó una voz que le recordó:

«Ahora abriste la puerta al mundo del que tanto te comentaron las voces en el pasillo de las calaveras, ahora el espejo de tu pureza se quebró en mil pedazos, y serás igual a la serpiente con su lengua tentadora, serás la que tanto cuidaban los ángeles que no fueras, pero tu carne te pedía ser».

El viento la besó, secó sus lágrimas, y el cuerpo desnudo que ella observó abrió los ojos, la tomó y acurrucó en sus brazos, le puso en sus manos otra pequeña botella con la pócima de la que tanto había escuchado hablar.

El niño y el reloj de arena

Él lo toma en sus manos. Observa la arena deslizarse lentamente, uno a uno cada grano va cayendo, convirtiéndose ante sus ojos en pasado. Pasado que tiene un color blancuzco, arenoso. Pasado que puede ser un segundo o tal vez un minuto o una hora o un año o quizás un siglo. Pasado cuya forma se contiene en una miniatura y si lo lanzamos al aire se va con el viento y se pierde fácilmente, igual que la vida misma, la cual sin que queramos se va volando en el espacio de la existencia.

Él gira de nuevo el receptáculo y de nuevo el tiempo pasado tiene un presente que ahora corre pendiendo de un hilo de arena que no marcaba más que la reducción de un tiempo, que antes fue pasado y ahora presente. Al igual que el nacimiento, que marca el inicio de la reducción de la vida, la cual va cayendo como los granos de arena y alinea el tiempo en su presente, que va convirtiéndose en pasado con el suave caer.

Esa es la conversión que él observaba confundido, confundido, confundido al pasear incrédulo a través de los cristales del reloj de arena...

En su mundo

En un sueño

Tuve un sueño con el que tropecé una noche...

Pude verme cuando era un niño, seguramente tendría cuatro años, tal vez cinco, aunque recuerdo lo suficiente.

Yo sujeto un camión azul en mis manos, lo lleno de pequeñas piedrecitas que escojo del cantonal en lastre que coloco en la tolva de mi pequeño volquete al que llevo por senderos imaginarios...

En las rutas diminutas transitan personajes invisibles a los cuales saludo y les platico. Algunas veces les toco la bocina de mi camión azul y ellos amablemente responden con otro sonido singular mi saludo. Veo que mis piernas y mis manos están empolvadas… y creo que mi cara también guarda un poco de la polvareda que se ha pegado a mi piel mezclándose con mi sudor, al que siento bajar desde mi pelo alborotado, pasando por mi frente y secándose en mis mejillas que arden con el calor del sol del verano.

En mi sueño paso horas en mi pequeña aldea, con el ir y venir de mis imaginarios amigos, a los que les doy vida y nombre propio. Casi todos los nombres de ellos son personajes de mi pueblo, o los sobrenombres que les escucho decir, voy buscando en mis soldaditos de plástico los que más se asemejan a la realidad y así los voy bautizando uno a uno.

Sin despertar todavía, levanto la mirada y lo encuentro frente a mí.

Me observa con una sonrisa en su rostro, disfrutando de mi inocencia.

Permanece en silencio algunos minutos.

Observa esta burbuja donde me encuentro sumergido y se adentra sin pedir permiso. Al igual que yo lo hago, explora mi mundo imaginario, los caminos sobre los paredones, las casitas con astillas de pino y hojas de café, los habitantes con cabezas rojas de granos de café y cuerpos sin extremidades que a simple vista no se ven, pero que son muy parecidos a las personas reales y que yo hago cuando mi ejército de soldaditos no es suficiente. Observa todo, todo, y con sus ojos brillosos aplaude mi destreza para crear nuevos mundos... la mala hierba que se convierte en bosque, el río seco sobre el que se alza el puente de madera y que traquea de gusto cada vez que es cruzado de lado a lado por mi camión azul...

Al otro lado del sueño

Veía cómo le daba vida a cada uno de sus personajes simulando las voces, el ruido del río, de las aves, el traquear del puente hecho con ramitas delgadas, lo singular del sonido de su camión azul, y hasta el silbar del viento que simulaba con su boca... Era maravilloso poder adentrarme en su mundo, ese mundo infantil que es tan frágil como una gota de agua y que únicamente vive en las mentes de los pequeños, tan llenos de inocencia y pureza.

Cuando me marché, él era muy pequeño. Los recuerdos que pudiese tener de mí serían tan diminutos que en ellos solo vería chispazos, pero nunca un cuadro completo. Es por eso que me atrevo de vez en cuando a adentrarme en su burbuja y cruzar sus paredes frágiles, para llegar a su encuentro. Al menos con mirarlo me consuelo. Aunque sé que estas visitas no durarán por mucho tiempo, que un día atravesaré ese puente creado por delgadas y frágiles ramitas y no podré llegar hasta el otro lado, donde él se encuentra, donde lo puedo ver dándole vida a su mundo, siendo él mismo un semi dios, al crear por sí mismo a cada una de sus personas y su diminuto universo.

La partida

El día que me tocó partir, lo dejé acostado en su cama, junto a sus hermanas, los pude ver desde la puerta, y sentí la sensación de lo que me esperaba, de lo que vendría...

Me dirigí al pueblo, como de costumbre; por las tardes nos reuníamos a jugar unas manos de cartas, fumar unos cigarros y conversar con los amigos.

Tenía diez años de casado y tres hijos que eran mi vida. Vida por la que luchaba arduamente, para progresar y vivir como se debía. Poco a poco, y con esfuerzo, pasé de ser un jornalero a ser el patrón; y el progreso en mi familia se vio reflejado. Pero, como es una costumbre en los pueblos pequeños, la envidia es una venda que ciega muchos ojos, el esfuerzo para muchos no tiene sentido y creen que todos tenemos que estar sumergidos en la ignorancia, en la miseria, que es la mayor pobreza que tienen las sociedades.

Tenía una pequeña estancia, con todas sus comodidades, la vida ahora me regalaba la oportunidad de poder disfrutar más a mi familia y hacer de mi trabajo algo lleno de sentido. Disfrutar del campo, de mis sembradíos, de mi ganado, recorrer los potreros, ver cómo en los cafetales trabajaban los jornaleros, a los que nunca les quedé debiendo, yo sabía cuánto se necesita el sueldo, más cuando tienes críos creciendo. Lo que no puedo negar era lo faldero que yo era, siendo muy enamoradizo, en eso no cargo arrepentimiento...

Camino al pueblo me encontré con uno de mis empleados, el cual aprovechó para darme una advertencia cruenta:

—Ándese con cuidado, patrón, que escuché por el pueblo que pronto van a estar en velorio —me dijo Jacinto, el encargado de la finca—. No vaya a ser que aquel envidioso le agarre por la espalda. Dicen que parece que el Memo aún está resentido con usted, luego de que lo echara del trabajo porque lo encontró robándole el ganado.

—Tranquilo —le dije— no creo que llegue a más. Lo dicen por atemorizarte y de paso mandarme un mensaje. Seguramente están algo envidiosos porque aún sigues trabajando en la finca y quieren que te asustes y me asustes a mí. Yo no les hecho ningún daño, pero si me roban en la cara lo mínimo era que lo dejara a ese tipo sin trabajo. No se le puede morder la mano al que te da de comer, así muy bien lo dice el dicho.

Estando sentado en los viejos bancos de madera, fumando unos cigarrillos cuyas nubes de humo se expandían por todo el recinto, y sosteniendo las cartas en mi mano derecha, tiré mi última baraja para cerrar la partida,

—Bueno compañeros, me tengo que ir.

En ese mismo momento puede ver cómo Manuel, que estaba de frente a mí, se paró exaltado y gritó mi nombre tratando de prevenirme de aquel hombre encapuchado que se acercaba por mi espalda. Pero fue en vano, solo recuerdo escuchar los cuatro disparos que salieron del revólver y como punzadas filosas y calientes se incrustaron en mi cuerpo.

El adiós

Tres de ellas salieron por mi hombro, una encontró albergue en mi pecho y me produjo una hemorragia interna. Yo no le puede ver el rostro a ese traidor infeliz, mi visión se nubló y un sudor frío empezó a bañarme lentamente mientras escuchaba que las voces de los presentes se iban perdiendo a lo lejos, algo así como el ruido al despertar de un mal sueño. Mi visión se nubló, el sabor a sangre fresca se instaló en mi boca, mis huesos y mi carne se tambaleaban para mantenerme de pie. Supe que eran mis últimos segundos en el desfile de la agonía. Todo se había esfumado muy rápido, pero, a la vez, los recuerdos desfilaban lentos en mis adentros. Sonrisas dibujadas en rostros inocentes, abrazos y gestos de amor, esfuerzo de mis manos sobre la tierra, palabras que me quedaron por decir, sueños por cumplir... Ya no había más tiempo en mi cuenta regresiva, mi túnel de luz me atrajo hasta ese punto en donde las almas llegan a su clímax de transición, donde se deja de ser un ser real, y nos convertimos en un recuerdo para siempre. Ese borde inesperado que tantas veces imaginamos que existe pero que deseamos que nunca llegue, o que de plano ignoramos, dándole la espalda por el temor de dejar a nuestros seres queridos.

Y así, rápidamente, mi cuerpo quedó tirado en el suelo. Ensangrentado, sudoroso, pálido y frío. Una sola mirada bastó para que ahí mismo me declararan hombre muerto...

Es por eso que lo visito una vez más, para decirle al oído que él es el hombre de la casa, que lo amé con toda mi alma, para que aunque sea tenga un recuerdo misterioso de mí. Si en sus sueños lo visito de seguro me recordara.

En ese sueño

En ese sueño escucho esa voz. Reconozco su cara, su pelo, sus manos y su mirada.

Era él, el que se fue con el ruido de cuatro disparos que cruzaron su cuerpo, que robaron su aliento, que le robaron su vida, que me robaron a mi padre.

En el sueño juego con ese camioncito azul que no se destiñe, que aprieto con mis manos, mis manos de niño. Su voz aún no se ha gastado.

Aunque fue solo un sueño, sé que era él quien me observaba desde el otro lado del puente que traqueaba al cruzar el camioncito azul…

A Fran Zuniga Sosa.
Por contarme su sueño y dejar
que culminara en una hoja.

El cuadro

Dedicado a mi sobrina Emma.
Su inocencia me regaló este relato.

Nadie me vio cuando me alejé. Todos conversaban en la salita que se encuentra al fondo de la casa de la familia Maldonado. Familia numerosa, como es común en los pueblos alejados de la gran ciudad. Todos hablaban de temas confusos y aburridos, descifrando entre sí la personalidad intelectual de cada uno de los presentes en la sala, tomando el té de jengibre que preparó doña Marta para los invitados, comiendo galletitas de coco recién horneadas bajo la luz de la lámpara en forma de araña colgada del cielo raso y que titubeaba adormecida por las resistencias de algunas bombillas que iban caducando con el transcurrir de los días.

Me había pasado la noche observando los retratos de la familia Maldonado, múltiples fotografías enmarcadas adornando todo el pasillo angosto, que recorría desde el comedor hasta el aposento del fondo; pasadizo oscuro, color borgoña, únicamente iluminado por algunas lámparas en forma de velas que destellaban una luz pasca y temblorosa que se irradiaba por las paredes y dejaba ver sus movimientos, sus sombras. Así fui contemplando cada una de esas desgastadas fotografías en donde el tiempo se había congelado a través de un lente y un reflejo.

Al fondo del corredor encontré una pintura que me llamó la atención. Me deslicé hasta allá y pude notar una calle mojada en donde reposaban charcos de agua y hojas secas flotando sobre ellos. Algunas pequeñas edificaciones a ambos lados del camino. Calle en forma de bulevar. La franja divisoria era una zona de césped y árboles que no puede determinar bien de qué tipo eran, ya que en ellos solo quedaban pocas hojas amarillentas colgando, sus troncos blancuzcos perdían sus cáscaras en su mayoría, estaban esparcidas por el suelo, me daba a pensar que era un otoño muy frío. Al contemplarlo mi piel se erizó, como sintiendo lo apreciado en la pintura. A lo lejos se veían sombras de edificaciones, como las de una gigantesca ciudad. Supuse que era una hermosa ciudad cosmopolita actual, llena de tiendas y con teatros repletos de espectadores, restaurantes y tabernas acogiendo a los hombres y mujeres que salían de su rutina laboral y entraban en ellos para tomar una copa de *whiskey* o un café caliente y así calentar sus cuerpos del frío otoñal. Empezaba a imaginar mil cosas, pero cerré mis ojos y me vi otra vez frente a la pintura.

No podía descifrar si el bulevar llegaba hasta la ciudad, o, mejor dicho, hasta las sombras de la ciudad, ya que la neblina y la bruma se mezclaban a media altura impidiéndome interpretarlo. Era una bruma muy densa. Observé las ventanas de las edificaciones y puede ver unas pocas luces encendidas. Alcé mis ojos y quedé perpleja al darme cuenta de que el cuadro no tenía tiempo justo, podía ser de madrugada o una tarde nublada de otoño. *Tal vez era lunes*, pensé, aunque igual podía ser una mañana de viernes. Me fui sumergiendo en la imagen y me adentré a la mitad del bulevar, caminando hasta la esquina no encontré el nombre de la calle por ninguna parte, únicamente hallé una fila de farolas con luces débiles que se encontraban a ambos laterales y una que otra en la línea medianera que dividía la calle, aunque no a mucha distancia una de otra, su destello de luz no era fuerte pues la bruma se encargaba de impedir que así fuera. Ese manto de neblina que se tornaba amarillo y naranja bajo las farolas era lo que me confundía para descifrar en qué tiempo se pintó el lienzo…

Nuevamente de frente a la pintura, escuchaba las voces provenientes del salón del fondo, los diferentes tonos de todas las voces de los presentes, quienes seguían en sus conversaciones sin direcciones objetivas. Aunque yo, sumergida por los colores y las sombras que tenía frente a mis ojos, volví al bulevar sin nombre…

Los techos de las casas eran de lajas grises y rojizas, intercalando los colores, alineadas de manera horizontal y verticalmente dejando notar su perfección. Las canaletas colgaban en la parte inferior, donde, mojadas por la llovizna, brillaban con las luces que destellaban las lámparas desde lo lejos. Las edificaciones eran en su mayoría de dos plantas, con sus ventanas asomadas a la calle y maceteros decorativos colgando en lo alto, llenos de hojas y ramitas secas de lo que un día fueron flores en medio de alguna brillante primavera. Sobresalían de los techos unas altas chimeneas que destilaban un hilo de humo blanco. Sus paredes se pintaban de musgo verdoso que dejaba ver la humedad del lugar sin nombre...

Detuve mi paseo sobre la imagen en el cuadro para preguntarme hacia qué dirección estaba ubicada con relación a lo que en esa pintura veía. No sabía si el bulevar estaba de frente o de espalda a mis ojos. Fue entonces cuando pude descifrar a lo lejos dos sombras que caminaban por la acera, cargaban un paraguas; uno de ellos lo tenía de frente, como si fuera en sentido contrario de donde me encontraba, y otro sobre sus espaldas, de frente a mis ojos. Más confusa se me hizo la imagen... No pude ver sus rostros, lo que me hizo imaginar que los transeúntes podían ser hombres o mujeres, sin una edad determinada... *¿De dónde vienen? ¿A dónde van?*, me pregunté... *Aún sigue lloviendo, por eso cargan sus paraguas, tal vez como la bruma es tan espesa no quieran mojar sus cuerpos con el sereno frío que golpea sobre ellos... ¿Qué aroma tendrá el bulevar? Imagino que será un olor suave a hojas secas mojadas, leña quemada en las chimeneas, olor a otoño...* Recorrí lentamente las aceras, ladrillos y piedras mojadas, hojas esparcidas en el suelo, puertas de madera y ventanales cuadriculados, la niebla no me dejaba ver más allá. Pestañeé por un segundo y no escuché más las voces en el salón. Caminé algunos pasos y la luz opaca de la lámpara me iluminó mis pies. Toqué mi cara y sentí mi rostro mojado por el sereno que caía lentamente. Giré para mirar hacia atrás y a lo lejos estaba la sombra de la gran ciudad. En ese momento comprendí que aún me encontraba paseando por el bulevar sin nombre, sin razón de tiempo. Las voces se habían quedado atrás, las conversaciones de política e historia estaban del otro lado de mi conciencia.

Desde ese día, cuando mis padres me llevan a la casa de los Maldonado, me pierdo en este pasillo oscuro y termino frente al cuadro, dejando que mis ojos me sumerjan en la bruma, descifrando el tiempo, contemplando el bulevar que cada vez me deja pasear por su asfalto brillante y húmedo.

Ante sus ojos

Una larva diminuta se arrastraba sobre la manzana madura que colgaba solitaria en la ramilla en medio del tronco plantado en la desventura del potrero ya hacía mucho tiempo...

La mano levantó la parte posterior del baúl, que se encontraba en la esquina más remota de la habitación, sintiendo esa sombra fantasmal que miraba todo a su alrededor...

La larva reptaba sobre la cáscara madura, ya lista para romper su tejido.

La mano levantaba esa tapa que ocultaba mil secretos, como el dulce gusto de esa manzana o el ácido que saciaría a aquella larva que no se daría por vencida.

La ventana ante sus ojos mostraba un enorme lago, relajado, cautivo. Cerca de él, una pareja tomada de la mano, dispuesta frente a frente, se encontraba absorta por las miradas brillosas de sus ojos.

Con diminutos sorbos la larva se iba adentrando sobre esa pared, sus ojos atestiguando el movimiento con mirada lasciva. Besos, abrazos, sonrisas. Y la larva mordía, pujante pero al mismo tiempo con gozo. Mientras que en paralelo la impotencia en su mirada, detrás de esa vidriosa imagen que deseaba romper, como rompía la larva las diminutas fisuras de la manzana. El lago desapareció y las miradas se deslumbraron en una habitación con velas encendidas sobre las cuales sus llamas bailaban en sincronía, como simultáneo era el entrometido gusanillo, que cada vez se acomodaba más en ese interior. Una cama ancha con sábanas bordadas, que fueron deslizándose hasta caer al suelo, entre besos húmedos y cuerpos desnudándose, que restregaban una llaga que la larva había dado inicio en otro mundo pero que ahora se fusionaba en su cerebro. Vivían allí las sonrisas, los quejidos, el placer y las promesas y juramentos que se escuchaban como voces altaneras en medio de un salón inmenso donde resonaban los ecos del placer, placer que la larva saciaba al ya estar en el lugar por el que tanto había luchado por habitar. Temblaron sus manos, cayeron lágrimas cristalinas que dolían y quemaban sus mejillas al escuchar a esa voz pronunciando el nombre que hasta ahora había sido el de un extraño.

Volvía la oruga a embriagar ya todo su cuerpo, cuando la lujuria en la habitación rebosó y los cuerpos no soportaron más. Cerró la tapa del baúl fuertemente, quebrando la ventana que lo llevó a mirar lo que no quería mirar. Tomó sus manos, las puso en su pecho queriendo aplastar con el peso la larva que carcomía la manzana, pero ella ya había anidado y transmutado en su corazón...

Cartas a la Sombra

Carta I

A ti, cuyos huesos se pudren en tierras ajenas, esparcidos sin amor, ensuciados por la locura de tu sangre... A nosotros, los que buscamos respuestas. A los gritos de los muchos que no miramos tus ojos, pero te llevamos dentro, tan dentro que recorres nuestras venas, que transitas en nosotros sin querer, ¿o queriendo? No se sabe qué aliento tiene esa pregunta... Pienso en tus manos y en tu rostro, en tus ojos oscuros y brillantes, como la misma "locura" con que te describieron esas voces que me hablaron de ella, palabras de negación y miedo, de dolor, de incertidumbre y de asco por tus hechos... Lástima, producían lágrimas tus recuerdos, las historias de tus noches sin consuelo en medio de tu Bosque Enfermo, en medio de esa selva que te gritaba y te insultaba, viendo cómo recorrías ese mundo de parajes sangrientos y dolorosos, que tu soledad "causada por tu mente y tus muchos actos impuros" fueron ese Dios de tu condena, tu Lucifer eterno y tu ángel de la miseria. Te arrastrabas sobre la tierra de la nostalgia, como una serpiente venenosa ante los ojos de las aves y los animales, que te gritaban insultos en tu propio mundo de soledad y dolor... y cómo no restructurar esos pasajes, que por las noches se vuelven pesadillas en mis pasillos nocturnos, que me piden que te haga vivir nuevamente, aunque sea en palabras de insultos a la memoria de la sombra que cargo en mi cuerpo.

Tú, qué haces que me sienta avergonzado de un pasado que no sé si tiene rostro, o más aún, un pasado marchito como era tu mundo. Y es que gritabas para dar insultos a almas sin culpa, a cuerpos pequeños y fieles a tu "locura". En tus miradas de muerte y soledad llorabas recordando lo animal que era tu alma, lo sucio que era tu cuerpo, y lo ardiente que era tu infierno en medio de la cadena perpetua a la que te condenó la vida. Castigado por la sanción infernal que donaste libremente a tus infieles frutos, esos que formaban parte de un mundo que seguramente deseaban negar... El sol escupía calor para que sudaras acongojado en medio del trillo de miseria y soledad marchita que tenía tu alma. Dicen que rugías aullidos de desesperación en tus últimos días, metido en tu rincón de agonía... ¿y qué sería de tu alma al dejar tu cuerpo? Si ya no existía más infierno que el que llevabas por dentro, el que llevabas a cuestas en forma de cruz inversa, esa que escarbaba sobre la tierra dejando una marca que hoy todavía se puede ver sin tener que volver a ese paraje por donde estuviste en pie...

Qué pena sentían los árboles al ver cómo tu llanto chorreaba por tus mejillas, al sentir todas esas voces que te aullaban en tu cabeza, aullidos de perros sarnosos que dejaban salir de su boca más que una *baba verde y pegajosa que acompañaba su histeria. Era cuando te reducías al tamaño de la larva, por la podredumbre que cargaba tu alma, en medio de la noche que era tenebrosa en la lejanía...*

¿Cuánto desprecio observaron tus ojos moribundos? ¿Cuántos abrazos deseaste? Pero solo veías venir la nada con abrazos perturbadores y vacíos, que como fantasmas imaginarios te alababan en las esquinas de tu remota posada, te miraban titiritando y confusos gritaban tu nombre por altavoces que para tus oídos eran como mazazos de dolor... gritaban más y más fuerte, te susurraban al oído tus pecados carnales, tus oscuros incestos y te recordaban la hornilla donde pretendías quemar vivo a tu primogénito... Volvían a gritarte más fuerte y de a poco te pedían que te arrodillaras ante sus ojos invisibles y suplicaras algunas oraciones para dejarte en paz. Y tú caías al suelo buscando consuelo; y salían de tu boca insípidas palabras arrastradas rogándole a Dios que te diera una tregua; pero él se negaba a escuchar tus súplicas y se convertía en Lucifer para reírse descaradamente de tus congelantes suplicios. Alzabas tu mirada y veías cómo se movían en forma circular los fantasmas tomados de la mano, dejándote en medio de ellos, que se paseaban de izquierda a derecha sobre el piso de tierra que resonaba con sus pasos como trotes de caballos galopando desenfrenados. «Pide lo que desees», gritaba Lucifer, carcajeándose y aguantándose el estómago al verte los ojos de demente. «¿Dónde está tu Dios? ¿Dónde está tu Dios? Parece que no trabaja por las noches, porque no te escucha...». Entonces se tomaban de las manos las fantasmales sombras y seguían danzando en su

aquelarre, haciéndote fruncir tu rostro ya casi muriendo... Al abrir los ojos solo podías ver las huellas de una noche de agonía, y las marcas sobre tu cuerpo que te dejaba la locura... Temblando veías el sol que te volteaba el rostro para no mirarte, llorabas y llorabas, caminando, pisando la hierba del rocío que mojaba tus zapatos desgastados al igual que tu alma. Y tu rumbo era incierto... nada más caminabas esperando que ellos volvieran otra vez al pasillo de tu infierno...

Seguramente el lector que está delante de estas líneas, que conforman un par de cartas, se preguntará ¿a quién le escribe estas líneas? Y la respuesta ni yo la sé responder. Les aconsejaría que se pierdan en el "Bosque Enfermo" para que al menos el semblante de esa sombra les deje sacar sus conclusiones...

A ver... le escribo a una sombra, o a un rumor, seguramente a un fantasma que no tiene rostro... aunque sería más exacto decir que le escribo a un ánima en pena, porque estoy seguro que le fueron cerradas todas las entradas al más allá, por ello ésta divaga muchas veces por la pradera de mi mente y me pide que la recuerde. Cuando deseo apagar ese silbido que me conduce al pasadizo de este recuerdo, trato de abrir y cerrar muchas puertas con doble cerradura para desenredar todo este hilo de ideas tan enmarañadas que están a la espera en forma de esa sombra.

Al dar los primeros pasos por el pasillo, que es oscuro, muy oscuro, enciendo el cirio de la paciencia que cargo en mis manos y con él voy buscando en las paredes esas amarguras formadas por cera de velas desgastadas, rojas como la sangre, posadas en candelabros empolvados por el color del pasado; y que incrustados en los muros y sostenidos de clavos herrumbrados gimen entre ellos por la carga que llevan sobre sus cabezas chatas y martilladas. Una a una las voy buscando, descifrando claves en lo difuso del laberinto en donde se camina en tinieblas y a tientas, si estas desgastadas ceras se echan a dormir… Los pasos van rechinando en el piso de tablones viejos, que un día fueron pulidos y llenos de brillo, pero hoy el polvo los cubre y los ahoga con su capa delgada y sucia. Pero es que adentrarse a este laberinto tétrico y desfigurado no solo me atormenta y enloquece, sino que me castiga con espantos que sé que están acumulados por todos los rincones, ya que, aunque siento su presencia, no los puedo observar…

Vamos a imaginar cómo puedo iniciar estas cartas a la imagen sin rostro. Me siento en el sillón de un sótano oscuro y húmedo. Tomo papel y lápiz y comienzo el recorrido.

Es ahí, la puerta del pasillo, una puerta de cedro, tallada a mano, llena de líneas multidireccionales, entrelazándose, alineándose como un rompecabezas, formando un gran rostro que parece sollozar… Tomo la cerradura en mi mano derecha, le doy vuelta, con un chillido en sus bisagras oxidadas me doy cuenta de que es hora de iniciar este recorrido al encuentro con lo que desee susurrar la sombra.

Carta II

Sé que me esperas al fondo del pasillo. Como es costumbre, no te puedo ver, nunca lo hice y sé que no tengo por qué verte a la cara. Tu cara para mí es ver la nada, es ver un cuerpo sin rostro, un espejo sin imagen del otro lado; es ver... lo que eres... De estos encuentros que hemos tenido al final del pasillo, me molesta mucho que no dices ni una mísera palabra. Y se van acumulando tus defectos en escalones, sin rostro y sin voz es muy difícil que te defiendas, pero para mí es muy fácil decirte todo lo que tienes que saber...

Me enteré que tus huesos se encuentran tirados en un viejo cementerio cerca de la ciudad; y te digo tirados, porque desde el día que te sepultaron nadie se asomó a ese lugar. Tuviste suerte de que encontraran un espacio en un camposanto, todavía creo que no te lo merecías. Me tomé el atrevimiento de averiguar dónde está ese rastrojo que tiene tus restos, y nadie daba con ello, no fue sino hasta que en el acta del enterrador aparecieron tus iniciales, y por fecha concluimos que estabas ahí... No tienes una cruz, ni un ángel, ni flores, ni nombre grabado en una lápida; nada más un espacio lleno de mala hierba y un montoncito de tierra, ya que ni las flores se dignan a nacer sobre tus restos...

Pronto tu espacio será tomado por otro dueño, me lo dijo el enterrador... Qué miseria, qué miseria, qué frío todo, qué asco la vida a tu forma, hasta muerto irradias terror... Soy el único que te recuerda, aunque no tengo qué recordar de ti; es que eres una sombra y *ni rostro dejaste en alguna imagen para mirarte a la cara y decirte las cuatro verdades que te puedo decir.*

Me voy, que ya me cansé de hablarte y sé que no me vas a responder. Apagaré las velas del pasillo y cerraré la puerta de cedro; y, ya fuera de este lugar, soltaré el lápiz y dejaré esta carta sobre el baúl, hasta ahí llegarán los días y las moscas y la añejarán.

Ofidios

Anoche soñé, seguramente atormentado por el miedo a morir forzosamente. Tal vez por ver en el noticiero cómo se apilan los cuerpos en las morgues como fichas de dominó. Desvarié con los grandes ofidios que, sumergidos en el poder, no les importa de qué forma mueren los humanos. Habían planeado el ataque en plena noche, cuando cobijados por la tela que calienta nuestros cuerpos, con el pesar en nuestros ojos y nuestra mente en modo de sueño, aplicarían su idealizado plan macabro, la extinción de una buena cantidad de seres vivientes. Y lo digo de esta forma porque para los ofidios solo éramos un número en la lista de su archivo.

El invierno se había puesto más frío, sus temperaturas reducidas a los cuarenta grados bajo cero en muchos lugares; mientras que el verano se había convertido en un infierno de más de ciento veinte grados Fahrenheit, clima que a estos reptiles no les producía ni la más mínima desdicha comparado con nosotros los humanos.

Desde la caída del gran imperio, luego de que la rebelión surgiera en medio de las diferencias políticas y económicas y se desangraran las ciudades una a una, surgieron estas nuevas razas, que aunque ya convivían con nosotros, tomaron el poder fácilmente, pues sus discursos ofrecían las mentiras que todos los sobrevivientes querían escuchar: La reestructuración de la sociedad, diversidad absoluta, la caída de los credos, y una economía igualitaria y justa entre todas las sociedades, sin dejar de lado la democracia que a ellos los puso en el poder.

Las mayorías aplaudieron y festejaron la victoria del nuevo amanecer, la venda implantada en los ojos no los dejó ver las pegajosas babas verduscas de los que murmuraron alguna vez el reinicio de lo que ellos llamaron civilización moderna.

Como dije: soñé. O tal vez fue más que un sueño, me animaría a decir que fue un ensayo de la muerte, de mi muerte, o de alguna realidad. Me arrebata imaginarlo.

No eran sino la una y treinta siete cuando sentí el olor. Un olor ácido, suave, pero que se colaba por la nariz y los ojos, ardiendo, helando las cavidades, sentía como una especie de frío, como si fuera un gas seco que desprevenido me asfixiaba en el lecho donde dormía, tomaba formas de manos que se enroscaban en mi cuello apretando cada vez más, fuerte, muy fuerte. Otras manos tomaban mi cara, sus dedos huesudos, redondos y duros, punzaban mis ojos. Y encima el olor, ese olor que solo puede traer la muerte. Mudo, me di cuenta de que todo estaba por acabar, que la broma había llegado con la oscuridad, y nadie la vio venir, puesto que por la noche todos solemos relajarnos más.

Me sentí muy vulnerable y expuesto a la gran mentira. Maldije la hora de vivir confiando en los ofidios a los que el juego de las cartas nos dejó por mayoría de elección. Ellos nos dejarían morir recostados como piedras, tendidos en maderos y sabanas tibias. Me sentía llegar a mi fin, pero, rebelde, buscaba una bocanada de aire para aún no dejarme extinguir por esas manos que apretaban mi garganta y robaban mi aliento.

Fue cuando el maullido del gato me extrajo de esa maldita pesadilla. Temblando de miedo corrí al lavamanos en busca de agua, froté con fuerza mis ojos y mis manos, hice gárgaras con el enjuague bucal por cinco minutos, tratando de quitar esa amargura que sentía por toda mi boca y garganta. Para tranquilizarme y dejar atrás ese sueño que tenía mis nervios de punta, pensé en echar un vistazo afuera, a la realidad. Corrí a la ventana, levanté la cortina de mi sala y al asomarme pude ver que las luces de todos mis vecinos se fueron encendiendo poco a poco. Luego vi sus siluetas tras sus cristales lavándose las caras. Sentí un terror infernal al comprender que todos habíamos soñado lo mismo esa noche. Me acomodé en el sofá como pude, tomé el control del televisor y busqué el noticiero. Lo primero que salió: *"Pesadilla en medio de la pandemia"*.

El último atardecer

Las copas de los árboles fingían reírse sosegadas al ver venir a lo lejos la inmensa tormenta. El sonido de la lluvia y los truenos enfurecidos recorrían rápidamente toda la selva. Desde lo alto del monte en donde se encontraban podía apreciar cada detalle de la borrasca que se dirigía a ellos. Era un gran manto de lluvia, como una cortina transparente y movediza, colgante de los nubarrones azulados, negros, grises que de cuando en cuando dejaban ver salir de ellos un fuerte rayo, el cual serpenteaba rápidamente en el aire para, luego, con la bravura de un dios enojado, hacer estremecer todo a su alrededor con su sonido atronador.

Tormenta lejana, que el viejo solitario vio aproximarse desde su rancho en lo alto de la colina, con un jarro de café y un cigarro en su mano. Recostado a un horcón, bebiendo un sorbo caliente, pestañeó por el rugido que uno de los relámpagos provocó. La cajetilla rojiblanca se mecía en el bolsillo de su mugrienta camisa, mientras él llevaba a su boca el cigarrillo ceñido entre sus dedos huesudos y secos, manchados de amarillo como una señal de la muerte que lenta se cernía entre sus labios con cada bocanada.

Podía escuchar la lluvia. Millones de gotas besando las hojas una a una, dándole forma al sonido particular del aguacero en medio del bosque. Tomaba un trago de su café e inhalaba un poco el humo de su cigarrillo, que ya estaba desgastado y a punto de apagarse. Metía su mano en el bolsillo, sujetaba suavemente el cartón y con sus dedos manchados jalaba el próximo pitillo, el cual encendía con el que ya estaba a punto de apagarse. Así siempre pasaba las horas de la tarde en los pesados inviernos.

Se escuchó un hercúleo trueno cerca de su humilde morada y enseguida el sonido de madera quebrándose con fuerza. El viejo corrió a mirar lo sucedido. Un rayo había golpeado directamente en la horqueta de un árbol de cedro que tenía en la parte de atrás. Justo cayó donde se dividía el tronco y la parte más pesada iba desplomándose lentamente, sosteniéndose de las muchas ramas que tenían los árboles a su alrededor.

No podía salir en medio de la tormenta a cortar el tronco y con gran ansiedad tuvo que esperar sentado a que acabara la lluvia, los rayos y los truenos. Temía que las ramas que sujetaban la parte rasgada cedieran y que todo cayera sobre su techo. Para él eso sería un tremendo desastre… pero igual tuvo que esperar pacientemente, acompañado de su café y sus cigarrillos...

Pasaron tres largas horas y escampó, ahora el sol había salido y los pájaros llenaban de cantos el bosque. Apresurado, el viejo tomó su cuchillo, caminó entre lo entreverado de los matorrales y cortó las ramas más bajas, llegando hasta el tronco del árbol en la parte de abajo. Tiró una cuerda sobre la parte despegada con bastante pericia y la ató a un grueso tronco de roble. Cortó unas ramas gruesas y lo suficientemente fuertes para que soportaran su peso, las alineó desde el tronco hasta introducirlas bien en el fango, mientras que él se apelmazó en el suelo con sus botas de hule, asegurándose de que estuvieran bien fijas y no se movieran. Puso su pie derecho a medio metro de altura, y con sus brazos abrazando las ramas empezó a escalar el árbol, para tratar de llegar hasta la horqueta impactada, su idea era cortar las cáscaras y astillas que aún sujetaban la parte que colgaba de un lado de la horqueta; de esa manera se facilitaría el trabajo y podría poner a salvo su pequeño rancho.

Poco a poco fue abrazando el grueso tronco y deslizándose con todas sus fuerzas hacia la parte de arriba. Al llegar al punto pensado, giró acomodando su cuerpo. Encontrando estabilidad, sacó su cuchillo de la cubierta de cuero que colgaba de su cintura. Dio el primer corte, siguió dándole uno tras otro, metal filoso contra la gruesa corteza del árbol, donde el vencedor era el filo que se adentraba cada vez más en esa cascara áspera y lanosa, haciendo que las pequeñas astillas cayeran al suelo.

Todo estaba como lo había planeado, pero un crujido lo tomó por sorpresa, y al hacer un esfuerzo por mirar lo que pasaba, sintió que caía de espaldas rápidamente. Reaccionó moviendo sus manos, tratando de encontrar algo que sujetar y aguantarse para no llegar al suelo, pero fue inútil todo esfuerzo. El terral lodoso le dio la bienvenida, quebrándole algunos huesos de su cuerpo, borrándole la conciencia varios segundos y haciéndole sangrar por la boca, como resultado de la costilla que se incrustó en su pulmón derecho.

Abrió sus ojos y pensó que era un mal sueño. Cuando quiso mover su cuerpo se dio cuenta que no podía. Tosió haciendo un gran esfuerzo, la sangre brotó de su boca alcanzando las plantas a su costado, lloró del dolor y se dio cuenta que se encontraba en el filo de su vida.

Mil recuerdos pasaban por su mente, desfilaban los días como en una maratón intensa, borrosas imágenes de su niñez, distinguió el rostro de su madre, el que ya había olvidado su mente, lo feliz que lo hizo la única novia que tuvo a sus veinte años, aquella que la muerte le arrebató dos días antes de casarse. El recuerdo le trajo nostalgia profunda, su soledad empezó luego de aquel entierro. Dejó brotar el llanto mientras escuchaba a su corazón latir con gran fuerza. Perdía el aire poco a poco, ya no sentía sus piernas, gimoteaba como despidiéndose de todo, o, mejor dicho, de lo poco que tenía. Solo pasaron tres minutos que para él fueron siglos de suspenso. Escuchó el crujir de las cáscaras del tronco, observó borrosamente el movimiento de las ramas en lo alto, notó que el mango del cuchillo todavía estaba clavado en la corteza. Hasta que el crujido se opacó y ahora era el ruido de una gruesa rama cayendo al vacío. Notó que se aproximaba a él, chocando y quebrando lo que encontraba a su paso. Dio un fuerte suspiro, cerró los ojos y recordó la última tarde que había visto horas antes...

Borrando la memoria

Siluetas y aceras borrosas

La observé al otro lado de la acera. Tenía una boina gris en su cabeza, botas marrones hasta su rodilla y un abrigo liviano cubría su espalda. La vi caminar por más de dos cuadras, la seguí sin parar, sin acercarme para que no notara mi presencia, para asegurarme de que fuera ella, para no llamar la atención de los transeúntes que caminaban chocando sus hombros entre sí por la desesperación de ganar tiempo en el trajín que tiene el día a día. Pude verla observando la mercancía dispuesta en los ventanales de las tiendas, tomando su tiempo aquí y allá, deteniéndose en un par de ellas para entrar a consultar algunos de los precios. Yo, mientras tanto, esperaba atento a que saliera del lugar para no perder su rastro, buscaba los números de las calles para saber mi ubicación, quería llegar primero a la esquina en donde siempre se daban nuestros encuentros. Mi desesperación se empezó a asomar lentamente, las preguntas recorrían vagamente por mi cabeza, las dudas también, y por algunos instantes afloraba el miedo con tanta eficacia que la vista borrosa me impedía caminar más de prisa.

El bullicio de la multitud, las bocinas de los autos, los gritos de los comerciantes en el mercado central, los vendedores de lotería, el músico que compartía su arte en la esquina, con su guitarra y su micrófono elevando su voz, me dieron fuerzas para matar mis ansias, y nuevamente pude ver su boina gris, sus botas marrones pisar la acera, y volví a mi rumbo, más agitado y tembloroso.

Ella aceleró sus pasos, y pude ver a lo lejos la esquina de la plaza, las palomas que volaban y volvían al centro de ella buscando alguna miga de pan. Apresuré mis pasos y me crucé de vereda. *Ella no puede verme*, pensaba para mis adentros, pero yo anhelaba que se produjera ese rencuentro, ya que era su rutina pasar por ahí. Caminaba hasta la mitad de la plazoleta, observaba como buscándome y continuaba su camino, así que mi plan no podía fallar.

Ya me encontraba en el punto exacto a donde ella se dirigía, vi cómo se acercaba a mí, contaba los segundos y escuchaba los trotes de mi corazón, que galopaba muy fuertemente. Secaba el sudor de mis manos, crujían mis dedos y perdía la cuenta en mi "conteo mortificador". Cuando ya no puede más, me volteé; ella estaba a escasos metros, dejó caer su bolso, observó rápidamente a sus costados y se paralizó como si fuera una estatua de mármol. Yo le sonreí, pero ella no reaccionó, únicamente movió su cabeza como haciendo una negación y yo decidí caminar hacia ella. Cuando me encontraba a pocos pasos de distancia, ella se abalanzó hacia mí. Yo la recibí en mis brazos y ella gritó mi nombre...

Yo abrí mis ojos, grité exaltado y la busqué por todos lados. Di dos vueltas y me di cuenta de la realidad, de la fría realidad: no existía la boina gris, ni las botas marrones, solo estaba la plaza, el bullicio de la ciudad, y yo abrazando la nada y llorando por mi alucinación.

Eucaliptos y miradas

Ya han pasado muchos veranos desde que nos conocimos, éramos apenas unos ilusos soñadores, cuando nuestras miradas se cruzaron en aquel lugar, y qué lugar puedo decir, el que cargaría en el bolso de mis recuerdos como una fotografía para nunca olvidarlo.

Fue en una mañana de enero, en medio de una inmensa arboleda de eucaliptos, gigantescos y robustos, con sus hojas amarillentas desplomándose con el viento. Yo apreciaba sus cortezas de varias tonalidades, como un arcoíris; sus troncos brillantes, donde los colores azules, púrpuras, naranjas, verdes vibrantes y grises me hipnotizaban en medio de esa gran floresta. Las hojas regadas por el suelo hacían una alfombra por todo el lugar, crujían a cada paso que daba sobre ellas. A lo lejos pude divisar una pequeña estructura de madera y me dispuse a explorarla. Luego de algunos minutos de mi travesía y de escuchar el rozar de mis pasos sobre las hojas, llegué a un pequeño quiosco; tenía un diseño circular, con dos aperturas a sus costados, y bancas de madera, construidas con ramas de los mismos eucaliptos del lugar, pegadas a sus paredes. Seis postes como bases sujetaban su techo de madera, cargado de musgo verdoso, señal del paso del tiempo bajo aquellos inmensos gigantes de colores.

Subí los escalones y paseé la vista por los alrededores. De pronto a mis espaldas escuché:

—Es muy acogedor este lugar.

Saltando espantado por la voz, di media vuelta y la vi subir los escalones.

—Discúlpame, no era mi intención asustarte.

Ella me hablaba con total desparpajo mientras que yo estaba inmovilizado por el susto que me acababa de dar su súbita presencia.

—La verdad es que no me di cuenta de que había alguien aquí —respondí. Mi mirada se clavó en sus ojos, esos que brillan fuertemente, su color oscuro y mirada penetrante; y entonces sentí algo en mi interior, algo que nunca había sentido antes: mis sentidos estaban paralizados. Y es que su cara, su pelo, castaño y lacio, su piel blanca y suave, y, lo más impresionante, sus ojos, me cautivaron locamente.

—Te vi venir a lo lejos, caminaba un poco por aquí y decidí esperar para saludar —dijo con suma cordialidad.

—Pues, mucho gusto de conocerte… David, mi nombre es David —dije con voz algo quebrada.

—Un nombre común, llamativo, antiguo, sin duda sacado del Viejo Testamento —dijo y **sonriendo** se sentó frente a mí, en esos escaños carcomidos por el tiempo; en sus manos giraba una hoja verde con sus dedos, una y otra vez; mi corazón se fue reconciliando poco a poco con mi cuerpo y me sentí mucho más seguro.

—Es un hermoso lugar, nunca había estado aquí. Me cautivó esta empalizada, tienen un misterio todos esos colores, estos troncos tan hermosos y suelo creer que hasta sombras se esconden en ellos —dije con voz burlona—. Sí, somos sombras, eso pienso...

Al escucharme, ella sonrió nuevamente.

Platicamos de muchas cosas, tal vez algunas no muy importantes, se pasaron las horas volando, era como estar en un trance. Tenía la sensación de que ya había conocido a esa persona antes, algo me hacía sentir que mi alma y su alma se conocían, y con mis impulsos se lo comenté...

—Eso mismo estoy pensando —me dijo.

Era el tercer día de estar hospedado en ese pequeño pueblo de nombre Ujarras, un lugar con una calma absoluta y una historia que se remonta a los tiempos prehispánicos, ya que según los historiadores en ese lugar hubo antes un asentamiento de los indígenas huetares. Por ser un pueblito distante de San José, no estaba mal para respirar aire puro. Habíamos quedado de vernos al atardecer en el lugar donde nos conocimos, así que me dispuse a su encuentro.

Esta vez la vi de pie en medio del quiosco, mirando la empalizada, a lo mejor pensando que por qué no llegaba yo, tal vez contando los minutos. Yo caminaba lentamente, escuchando el ruido de las hojas bajo mis pies. Poco a poco me fui acercando, ella estaba de espaldas, me miró de reojo y me dijo:

—Pensé que no ibas a llegar.

—Estoy aquí —respondí y puse mis manos sobre su cintura, ella elevó suavemente su cabeza y fue volteándose despacio hasta que nuestros labios se encontraron en lo que fue nuestro primer beso, el que marcaría nuestras vidas...

Lágrimas y preguntas mudas

> *"La muerte será un adorno que pondré*
> *al regalo de mi vida".*
> --HDS

Todos lloraban, dejaban caer sus lágrimas de dolor, sollozos y gemidos, mirando cómo el féretro abrazaba su cuerpo, aquel cuerpo sin vida que ahora no podía escuchar sus voces, sus palabras diciéndole lo mucho que la amaban, recordando las cosas que vivieron juntos, en lo que hoy, el día de su despedida, hacía que pareciera una vida muy corta, muy injusta, donde el respirar se convertía en símbolo de milagro, y se odiaba la muerte tanto como se odiaba la vida. Todo parecía un sueño, pero sus lágrimas los devolvían a la realidad. No, en verdad era una pesadilla de esas de las cuales no se puede escapar, abrir los ojos y dar gracias al cielo que todo terminó… No, esta vez la pesadilla era real: despedir a un ser querido del que nunca se pensó que llegaría al final… un final que dejó mil preguntas por contestar...

Luciana era hermosa, amable, cariñosa, llena de alegría por la vida, servicial y soñadora, pero esos sueños se apagaron en la tormenta que le dio la vida, en ese callejón que ella quiso darle salida, tal vez apresurándose, quizá siendo egoísta, como muchos creen que fue. Pero es que ella se sintió sola, abatida y por primera vez la mano que la hacía sentirse apoyada la soltó en medio del túnel de la oscuridad de su confusión, en el túnel del miedo, en ese lugar donde las respuestas se agotaron.

No podía esperar mucho tiempo, tenía las semanas contadas, cada día que marcaba el calendario era un minuto en contra para ella. Luciana siempre quiso ser una empresaria exitosa, y por ese sueño luchó duramente, trabajaba en sus ratos libres, luego de sus clases en la universidad, era apasionada con su carrera, siempre tenía la mejor calificación en su clase, era admirada por sus compañeros, un ejemplo para sus profesores y el orgullo de sus padres y hermanos.

Aunque con un tiempo muy limitado en su rutina de vida, luego de que conoció a David, continuaron una relación en la que cada uno entregaba lo mejor, eran la pareja perfecta para sus amigos. Luciana estaba completamente enamorada, soñaba con terminar la carrera de Administración de Empresas y luego irse a vivir con David, que, aunque era solo un año mayor que ella, también tenía un futuro prometedor como farmacéutico.

El día que lo conoció su hamaca de sentimientos se balanceó sin pedir permiso...

La voz desde la penumbra

Lo vi caminar lentamente, me preguntaba si les hablaba a los pájaros porque podía ver que movía sus labios. Lo seguí con mi vista hasta que él se acercó al quiosco del parque y me deslicé hacia un costado para observarlo mejor. Quedé flechada cuando lo vi de cerca, me produjo una sensación muy extraña, algo que nunca había sentido. Por eso me acerqué a platicarle, porque era él el que mi destino me deparó. Estaba ahí por unos días, escapando de la ciudad, su rutina, sus calles nauseabundas, el corre-corre de las mañanas de universidad, el sonido diabólico del despertador, la invitación de los amigos a tomar una cerveza…

Nos conocimos y pasamos poco tiempo juntos, pero pronto me di cuenta que yo no podía acompañarlo mucho debido a mi carga de obligaciones en mis estudios. «Es que soy tan exigente conmigo misma, que a veces me odio sola, y me enojo tanto que mirarme al espejo me provoca náuseas», le decía a modo de disculpa. Lo que sucedía en realidad es que yo siempre quiero cumplir mis metas, y por eso soy así; aunque amo mi rutina también la odio, sobre todo al finalizar el año, como fue en este caso. También tenía que pensar en el esfuerzo que mis padres hicieron todo el año para pagar mis estudios. Tan lindos ellos, dejaron de comer para que yo avance. Aunque sé que se les hizo difícil subsidiar mi carrera, nunca me dijeron que no siga luchando por mis metas.

Pero vamos a lo bueno por un momento.

La primera vez que David me besó fue algo maravilloso. Me encendió por completo. Me encontraba de espaldas cuando sentí que él me sujetó de la cintura. Al girar para mirarlo, él me dio el mejor beso de mi vida. Luego continuamos juntos, muy juntos. Me sentí tan protegida en sus brazos, nos abrazamos tanto, estuvimos hablando de mil cosas. Me contó de dónde era, de su amado Tarrazú, yo ni idea de dónde era eso. Me dijo que era un campo lleno de sembradíos de café, pero muy bonito y peculiar; aparte que ahí se cosechaba el mejor café del mundo, según él. Y yo lo escuchaba hablar y contarme de sus cosas, su lucha por finalizar sus estudios, que era muy parecido a lo que yo vivía en ese entonces. Fue una noche larga, de besos y abrazos, hasta que regresamos cada uno a su habitación. Ahora pienso que deseaba acostarme con él esa misma noche, pero pasaron varios encuentros para llegar a eso...

Siempre las cosas se nos dieron muy a su tiempo y, de la misma manera, la primera vez que tuvimos sexo fue algo muy romántico. Resulta que él se tenía que regresar de la universidad a visitar a sus familiares y nos quedamos de ver en el centro, en la Plaza de la Cultura, que se convirtió en nuestro punto de encuentro. Pues, como era nuestra costumbre que cuando nos veíamos nos costaba dejarnos ir, igual ocurrió en esa ocasión y debido a eso él perdió el último autobús y decidimos buscar un hotel. Entre los dos pagamos por la habitación. La galantería no puede existir cuando eres estudiante pobretón en este país. Igual eso no nos importaba en ese momento. Queríamos entrar al cuarto, estar juntos, besuquearnos de arriba abajo.

Fuimos más que desesperados en la cama, me besó como nunca lo había hecho, y sus caricias y sus besos me elevaron en un trance tal que las horas no nos alcanzaron esa noche. Si me sentí enamorada de él hasta ese momento, ahora lo estaba más. Me perdí de amor por David. Él era ya una parte muy importante en mi vida y estoy segura que yo lo era también para él. Aparte que nunca había tenido orgasmos tan fuertes, tan maravillosos que incluso en algún momento en los días que siguieron llegué a dudar si en verdad los tuve.

La gota amarga

Pasamos un año hasta que nos quedamos de ver ese jueves lluvioso de agosto.

—Te noto diferente. Luciana... ¡tienes una cara! —me dijo.

Y yo me abalancé hasta sus brazos, llorando desesperadamente, con el mundo al revés y confundida...

—¿Qué te pasa? ¿Qué puede ser tan malo? —con sus hermosos ojos me miraba preocupado.

—Estoy embarazada David, la cagamos, la cagamos, David, hasta aquí llegaron mis esfuerzos...

Pero él me dijo con mucha alegría:

—Pero es que no tienes que estar así, es una gran noticia, me emociona pensar que voy a ser padre.

Para él, sus fundamentos católicos eran la base en que sus padres lo habían forjado, solía compararlo con una escultura de piedra, «mis padres dieron esa forma a mi conciencia, ser cristiano es su legado». Los hijos y la familia eran metas que lo llenaban de orgullo al tocar el tema.

Le grité una vez más:

—¿Sabes lo que eso significa? Mis años de entrega en el estudio, los esfuerzos de mis padres... y ahora, sin concluir mis metas, voy a ser mamá... no estoy preparada… y no pienso tenerlo, ¡entiendes! ¡No voy a ser tan irresponsable de tener un hijo sin poder darle lo mejor de mí! ¡No!

Y cuando lo empujé para que me soltara, me dijo:

—¿Qué piensas hacer? Escúchate, suenas muy egoísta, solo te importan tus esfuerzos, ¿acaso no es mi hijo también?

—Sí, lo es. ¿Pero acaso planificamos esto? —le grité mientras me distanciaba en busca de un taxi para no verle la cara o escuchar el sermón que se le vino como única idea ante mi noticia.

Yo continué llorando por días completos, con mi decisión muy clara. Pero David deseaba tenerlo, pensaba que podíamos iniciar nuestra familia y llevar nuestras vidas de igual forma con algo de sacrificio. Eso nos costó mil discusiones, y, lógicamente, disgustos el uno con el otro. Cambió todo para mí. Me sentí confundida, triste y fracasada. Odiaba verle la cara a David, escuchar sus sueños de padre, sin importarle cómo me sentía yo. Nunca comprendió que era yo quien se vería más afectada por el embarazo, y cuando le comenté mi idea de abortar se ofendió tanto que me dijo que era un ser sin alma. Me dolió mucho sentirme sola y ver cómo nuestra relación se quebraba en mil añicos. No quise comentarle a nadie sobre lo decidido, yo sabía que era un riesgo, y decidí abortar. No me importaba que una ley hecha por muchas personas que no me conocían me castigara por el acto que para ellos era impuro, que la gente opinara sobre mi decisión de ser o no madre, de que hasta mi cuerpo me fuera ajeno, el riesgo por ilegalidad del aborto era una ruleta rusa, lo tenía muy claro, pero era mi decisión, y asumí el riesgo, aunque esto me costara separarme de David, al que tanto amaba, al que tanto admiraba, pero en el momento que tanto lo necesitaba le ganaban sus creencias religiosas y las críticas morales, como si el mundo no estuviera lleno de injusticias, como si no hubieran niños en las calles muriendo de hambre, muchos de ellos abandonados por sus padres, o los pobres indefensos que son abusados por sus familiares, tanto sexual como psicológicamente y seguramente con más asco que el mismo pecado pueda sentir esos que son abusados por los mismos que se encargan de crear etiquetas morales pero no las cumplen ellos mismos, si el mundo está lleno de injusticias por falta de ser más claros y ser más justos a la hora de etiquetar una decisión en el caso de un aborto, y yo estaba muy clara, aunque la ley no me apoyara y me tocara buscar una forma ilegal, lo haría, con o sin apoyo de David...

Arrepentimiento y cactus en mis venas

Pasaron varios días desde nuestra última discusión, le dejé muy claro que no la apoyaba en su decisión... Se nos desmoronó la relación, nos dejamos de hablar diariamente. Luciana cerró todas las puertas a las opciones que teníamos por delante, me amenazó con que no les contara a sus padres. «Mi problema, mi decisión», me advirtió. Aunque yo no lo creía así, no pudimos llegar a un acuerdo; las pocas veces que nos vimos, los gritos eran puñaladas por todas partes. Con solo imaginar lo que mis padres dirían, opté por permanecer callado, esperando que se le pasara la rabia. Pero eso nunca sucedió.

Una tarde recibí una llamada de emergencia desde el hospital. Nunca imaginé que llegaría a tener que escuchar lo que me dijo esa voz, lo que el destino me tenía en su bandeja de plata, burlándose de lo que sintiera yo o lo que pensara en ese momento. Luciana había muerto, la habían encontrado en su habitación agonizando, víctima de un aborto ilegal. Caí sobre el piso y lloré y grité con todas mis fuerzas, cerraba mis ojos deseando que aquello fuera una pesadilla y pronto despertara de ella, ahora me sentía el ser más miserable del mundo, mi vida se derrumbaba rápidamente y la soledad me acompañaba sonriéndome por mis espaldas.

Desde ese día suelo recorrer las calles de esta pequeña ciudad bulliciosa y desordenada, fingiendo reencontrarme con ella en nuestra plaza, como muchas veces lo hicimos. Desde su muerte, me paso punzando las venas para calmar este dolor que no se quiere ir y que ahora me tiene en estas fachas, flaco, agotado y adicto a estas drogas de receta. Como lo asumirán en la farmacia, no se me hizo difícil escogerlas. Así camino el día entero: esperando el abrazo que me dé descanso a este tormento. No es la primera vez que alguien me observa abrazar el aire en esta maldita plazoleta, aturdido y humillado por la culpabilidad que cargo en mis hombros, borrando la memoria veo las horas cada día sucederse una tras otra.

Agradecimientos

Agradecido eternamente a:

María Laura Custidiano, mi esposa, porque estás a mi lado en todos los senderos a donde la "Locura Poética" me impulsa sentir.

Yorman Mejías, por tu tiempo, tus palabras y por sumergirte en mis escritos.

Gustavo Castillo, compañero y amigo, muchas palabras sabias de tu voz he escuchado en este camino literario. Eternamente agradecido.

A cada uno de mis hermanos, su apoyo incondicional son mis manos a la hora de plasmar mis letras.

A cada uno de los lectores, quienes son el aire y dan vida a mis letras.